AF404217

LETTRES

D'AZA

OU

D'UN PÉRUVIEN,

SECONDE PARTIE.

LETTRES

D'*AZA*,

OU

D'UN PÉRUVIEN.

SECONDE PARTIE.

À AMSTERDAM,

AUX DÉPENS DU DÉLAISSÉ.

M. DCC. LXXV.

AVERTISSEMENT.

L A lecture des Let-
tres d'une Péru-
vienne m'a fait fou-
venir que j'avois vu en Efpagne, il y a quelques années , un Recueil de Let-
tres d'un Péruvien , dont
l'Hiſtoire m'a paru depuis
avoir beaucoup de rapport
avec celle de Zilia. J'ai
obtenu ce Manuſcrit. J'ai
reconnu que c'étoient les
Lettres mêmes d'Aza , tra-
duites en Eſpagnol. C'eſt

fans doute à *Kanhuifcap* ,
ami d'Aza , à qui la plû-
part de ces Lettres font
adreflées , que l'on doit
cette Traduction du Pé-
ruvien.

L'intérêt qu'Aza a exci-
té en moi dans ces Let-
tres , m'en a fait entrepren-
dre la Traduction. J'ai vu ,
avec joie , s'effacer de mon
efprit les idées odieufes
que Zilia m'avoit données
d'un Prince plus mal-
heureux qu'inconftant. Je
crois qu'on goûtera le même plaifir. On en reffent
toujours à voir juftifier la
vertu.

Bien des gens feront peut-être un crime à Aza d'avoir peint, fous le nom de Mœurs Efpagnoles, des défauts, des vices même particuliers à la Nation Françoife. Quelque fenfé que paroiffe ce reproche, il fera bientôt détruit, lorf-qu'on fera attention, avec M. de Fontenelle, qu'un Anglois & un François font Compatriotes à Pé-kin. Je n'ofe me flatter d'a-voir rendu la nobleffe des images, la force & l'expref-fion des penfées que j'ai trouvées dans l'Original Efpagnol : je m'en prends à notre Langue & au sort ordinaire des Traductions. Le Lecteur s'en prendra peut-être à moi ; nous pourrons avoir raison tous deux.

LETTRES

LETTRES
D'AZA
A ZILIA.

LETTRE PREMIERE.

QUE tes larmes se dissipent comme la rosée à la vue du Soleil ; que tes chaînes changées en fleurs , tombent à tes pieds, & te peignent, par l'éclat de leurs couleurs , la vivacité de mon amour , plus ardent que l'astre divin qui l'a fait naître ! Zilia, que tes craintes cessent ! Aza respire encore ; c'est t'assurer qu'il t'aime toujours.

II. Partie.　　　　　　　A

Nos tourments vont finir : un moment fortuné va nous unir à jamais. O divine félicité ! qui peut vous retarder encore ?

Les prédictions de *Viracocha* * ne sont point accomplies. Je suis encore sur le trône auguste de *Manco-Capao* , & Zilia n'est point à mes côtés. Je regne , & tu portes des fers.

Rassure-toi , tendre objet de mon ardeur , le Soleil n'a que trop éprouvé notre amour, il va le courronner. Ces nœuds, foibles interpretes de nos sentiments ; ces nœuds, dont je benis l'usage , & dont j'envie le sort, te verront libre. Du fond de ton affreuse prison , tu voleras dans mes bras. Semblable à la colombe qui , échappée aux serres du vautour , vient jouir de son bonheur auprès de sa fidelle compagne , je te verrai déposer dans mon cœur , encore ému de craintes, tes douleurs passées , ta tendresse & mon bonheur. Quelle joie !

* Incas qui avoit prédit la destruction de leur Empire par les Espagnols.

quels tranfports de pouvoir effacer tes malheurs ! Tu verras à tes pieds ces barbares maîtres du tonnerre , & les mains mêmes , qui t'ont donné des fers , t'aideront à monter fur le tône.

Pourquoi faut-il que le fouvenir de mes malheurs vienne altérer un bonheur fi pur ? Pourquoi faut-il que je te trace des maux qui ne font plus ? N'eft-ce point abufer des préfens des Dieux , que de n'en pas goûter tout le prix ? Ne point oublier fon infortune, c'eft prefque la mériter. Et tu veux, ma chere Zilia, que j'ajoute à mes maux la honte de les avoir foufferts juftement. Je t'aime, je puis te le dire , je vais te revoir. Quel nouvel éclairciffement puis-je te donner fur mon fort ? J'irois te peindre le paffé, quand je ne puis t'exprimer les fentiments qui m'agitent en ce moment.... Mais que dis-je ? Tu le veux, Zilia !

Rappelle-toi , fi tu le peux , fans mourir, ce jour affreux, ce jour dont l'alégreffe fut l'aurore.

Le Soleil plus brillant répandoit

fur mon vifage les mêmes rayons dont il éclairoit le tien. Les tranf-ports de la joie, les flammes de l'a-mour enlevoient mon cœur. Mon ame étoit confondue dans la Divinité même dont elle eft émanée. Mes yeux étinceloient du feu qu'ils avoient pris dans les tiens, & brilloient de mille défirs. Retenu par la décence des cé-rémonies, je marchois au Temple, mon cœur y voloit. Déja je t'y voyois plus belle que l'étoile du matin, plus vermeille que la rofe nouvelle, ac-cufer de lenteur nos *Cucipatas* *, te plaindre à moi de l'obftacle qui nous féparoit encore........ quand tout à coup, ô fouvenir horrible! la fou-dre gronde, éclate dans les airs. A ce bruit redoutable tout tombe à mes côtés. Moi-même je me profterne pour adorer *Yllapa* §. Je l'implore pour toi. Ses coups redoublent, fe ralen-tiffent, ils ceffent. Je me leve trem-blant pour tes jours. Quelle hor-reur! quel Spectacle! envelloppé dans

* Prêtre du Soleil.

§ Le Tonnerre.

un nuage de fouffre , environné de flammes & de fang dans une affreufe obfcurité , mes yeux n'apperçoivent que la mort ; mes oreilles n'entendent que des cris , & mon cœur ne demande que toi. Tout te peint à ce cœur éperdu. J'entends encore le coup qui t'a frappée Je te vois pâle , défigurée , le fein fouillé de fang & de pouffiere : un feu cruel te dévore.

Les nuages fe diffipent , l'obfcurité ceffe ; le croiras-tu , Zilia ? Ce n'étoit póint Yllapa. Les Dieux ne font pas fi cruels. Des barbares , ufurpateurs de leur puiffance , nous en faifoient fentir tout le poids. A leur vue odieufe , je m'élance au milieu d'eux. L'amour , les Dieux qu'ils ont outragés , me prêtent leurs forces ; ta vue les augmente. Je vole à toi. Je renverfe tout. Je fuis prêt de t'atteindre ; mais tu paffes la porte facrée. On t'entraîne , tu difparois , la douleur me dévore , le défefpoir m'arrache des pleurs. Furieux , je m'élance , on fe jette fur moi. Les coups que j'ai portés , ont

détruit jufqu'à mes armes. Affoibli
par l'excès de mes efforts , accablé
par le nombre , je tombe fur les
corps outragés de mes ancêtres. *
Là , mon fang & mes larmes fe mê-
lent à leur ignominie , aux corps ex-
pirants de tes compagnes , aux guir-
landes mêmes dont tu devois orner
ma tête , & que tes mains avoient
tiffues. Un froid mortel s'empare de
mes fens. Mes yeux troublés s'affoi-
bliffent , fe ferment. Je ceffe de vivre , fans ceffer de t'aimer.

Sans doute l'amour , l'efpoir de
te venger , ma chere Zilia , m'ont
rendu à la vie. Je me fuis trouvé dans
mon Palais , environné des miens.
La fureur a fuccédé à ma foibleffe ;
j'ai pouffé des cris affreux ; les mains
armées , j'ai excité ma garde à me
venger. Périffent , lui ai-je dit , périffent les impies , ils ont violé nos
plus facrés afyles. Venez , armez-vous
tous ; frappons détruifons ces cruels.
Rien ne pouvoit calmer mes tranf-

* Les Péruviens mettoient dans leurs
Temples les corps embaumés de quelques-
uns de leurs Rois.

ports. Mais quand le *Capa-Inca* *
mon pere averti de ma fureur, m'eût
aſſuré que je te reverrois, que tes
jours étoient en ſûreté, que nous fe-
rions l'un à l'autre, quelle joie, quels
nouveaux tranſports ſe ſont emparés
de mon ame ! Ô ma chere Zilia ! eſt-
ce aſſez d'un cœur pour goûter tant
de plaiſir ?

Une baſſe avidité pour un vil métal
a ſeule conduit ces barbares dans ces
lieux. Mon pere a ſu leurs deſſeins,
& les a prévenus. Ils partiront enfin
courbés ſous le pids de ſes dons,
auſſi-tôt qu'ils t'auront rendue à mes
vœux. Ces peuples, que l'or arma
contre nous, & qu'il rend nos amis,
devenus moins féroces, font éclater
à chaque inſtant leur reconnoiſſance
& leur reſpect. Ils s'inclinent devant
moi, ainſi que nos Cucipatas devant
le Soleil. Se peut-il qu'un amas mé-
priſable de matiere, puiſſe changer
ainſi le cœur de l'homme ; & de barbares qu'ils étoient, les rendre les
inſtruments de ma félicité ? Etoit-ce à

---

* Nom générique des Rois du Pérou.

un métal , à des monstres , à retarder ,
à faire enfin notre bonheur ?

Adorable Zilia ! lumiere de mon
ame ! que les mots dont tu te sers
pour te tracer le malheur qui nous a
séparés , m'ont causé d'agitation ! Je
t'ai suivie dans le danger. Ma fureur
s'est renouvellée ; mais les assurances
de ta tendresse , ainsi qu'un baume
salutaire , ont adouci la plaie que tu
touchois dans mon cœur. Non , Zilia ,
rien n'est égal au bonheur d'être aimé
de toi. Tous mes sens en sont troublés.
Mon impatience s'accroît , elle me
dévore. Je brûle. Je meurs.

Viens me rendre la vie. Zilia !
Zilia ! que *Lhuama* * te prête ses aîles ;
que l'éclair le plus vif te porte jusqu'à
moi , tandis que mon cœur plus
prompt que lui vole au-devant de tes
pas.

* Grand aigle du Pérou.

LETTRE II.

A ZILIA.

QUOI, Zilia *, la terre n'eſt pas anéantie. Le Soleil nous éclaire encore , & le menſonge & la trahiſon ſont dans ſon empire. O Zilia ! toutes les vertus mêmes ſont bannies de mon cœur éperdu. Le déſeſpoir & la fureur ont pris leur place.

Ces barbares Eſpagnols, aſſez hardis pour te donner des fers , mais trop lâches, trop inhumains pour les briſer , ont oſé me trahir. Malgré leurs promeſſes , tu ne m'es pas rendue.

Yllapa ! qui te retient ? lance tes coups ; tourne contre ces perfides les traits dévorans qu'ils t'ont dérobés; qu'une flamme empoiſonnée après mille tourments les réduiſe en pou-

* Cette lettre ne lui fut pas remiſe.

dre ! Monftre cruel ! dont le crime ne peut fe laver que dans le fang du dernier de ta race. * Nation perfide, dont les Villes rafées devroient être femées de pierres, & arrofées de fang § ; quelles horreurs joignez-vous à l'infâmie du parjure !

Déja de fes rayons facrés le Soleil a éclairé deux fois fes enfants , & ma chere Zilia n'eft pas rendue à mon impatience. Ces yeux, dans lefquels je devrois fixer ma félicité , font en ce moment innondés de pleurs. C'eft peut-être au travers des larmes les plus ameres, qu'ils laiffent échapper ces traits de flammes qui embraferent mon cœur. Ces mêmes bras dans lefquels les Dieux devoient couronner l'amour le plus ardent , font peut-être accablés encore fous le poids

* Les Péruviens pourfuivoient le crime jufques dans les defcendans du criminel.

§ On détruifoit jufqu'aux Villes où étoient nés les grands criminels ; on y femoit des pierres ; on y verfoit du fang en figne de malédiction.

d'indignes fers. O douleur funeste! ô mortelle pensée!

Tremblez, vils humains, le Soleil m'a remis sa vengeance. Mon amour outragé va la rendre plus cruelle.

C'est par toi que j'en jure, Astre vivifiant dont nous tenons nos ames * & nos jours; c'est par tes pures flammes, dont le feu divin m'anime. O Soleil ! que tes rayons bienfaisants s'éloignent de moi pour jamais; que plongé dans une nuit affreuse, la consolante aurore n'anonce plus ton retour, si Aza ne détruit la race criminelle qui ose souiller de mensonges ces lieux sacrés. Et toi, ma chere Zilia, objet infortuné de toute ma tendresse, seche tes pleurs. Tu verras bientôt ton amant renverser tes ennemis, briser tes fers, les en accabler. Chaque instant augmentera ma fureur & leur supplice. Déja une joie cruelle se fait jour dans mon cœur. Déja je crois me baigner dans

* Les Péruviens regardoient l'ame comme une portion du Soleil.

le fang de ces perfides. La rage fignale mon amour.

Je vais furpaffer leur barbarie ; elle fera mon guide ; je cours la fuivre. Zilia, ma chere Zilia ! fois fûre de ma victoire , c'eft toi que je vais venger.

LETTRE III.

DE MADRID,

A KANHUISCAP.

QUELLE Divinité assez touchée de mes maux, généreux ami, a pu te conserver à ma douleur ! Il est donc vrai qu'au sein des malheur les plus affreux on peut goûter quelques charmes : & que , quelque infortuné que l'on soit, on peut contribuer au bonheur des autres ; tes mains font accablées de chaînes , & tu parois soulager les miennes. Ton ame est abattue par la douleur , & tu diminues ma tristesse.

Etranger , captif dans ces climats barbares , tu me fais retrouver ma Patrie , dont le fort t'éloigne. Mort pour tout le reste des hommes , je ne veux plus vivre qu'avec toi. Ce n'est que pour toi que mon esprit accablé trouvera des expressions , &

que mes mains affoiblies formeront quelquefois ces nœuds qui nous réuniſſent malgré nos cruels ennemis.

Pardonne ſi l'amour le plus tendre, le plus violent, t'entretient plus ſouvent que l'amitié & que la vengeance. Les douceurs de l'une peuvent conſoler ; la violence de l'autre peut avoir des charmes, mais ils le cédent à l'amour.

Ce n'eſt pas qu'abbatu ſous les coups du ſort, mon infortune ait diminué mon courage. Roi, je penſois en Roi : eſclave, je n'ai pas les ſentiments de mes ſemblables. Je deſire la vengeance ſans l'eſpérer. Je voudrois changer, & ton ſort & le mien. Je ne puis que les plaindre.

Va, meurs ; on nous-tranſporte dans un monde nouveau, & malgré mes prieres, on nous ſépare. Notre amitié devient l'objet de la crainte de nos vainqueurs. Accoutumés au crime, pourroient-ils ne pas redouter la vertu.

Eſt-ce ainſi qu'il devoit finir, Kanhuiſcap, ce jour où ton courage & le

mien , où mon amour mieux qu'eux
encore , devoit me rendre en triomphant , digne de la main qui m'ar-
mioit , de l'Aftre étincelant qui m'a
fait naître , & de ton admiration;
où le Soleil, ennemi du parjure, devoit venger fes fils , les raffaffier
de la chair fumante de ces monf-
tres * & les abreuver de leur fang
odieux ?

Eft-ce ainfi que je dois venger
les Dieux de Zilia ? Zilia ! qui, con-
fumée par l'amour le plus vif, brûle
encore dans les fers que je n'ai pu
brifer. Zilia ! que d'infâmes ravif-
feurs ... O Dieux ! éloignez de moi
ces funeftes images... Que dis-je,
Kanhuifcap ? Les Dieux, mêmes ne
peuvent les bannir. Je ne vois point
Zilia ; un élement cruel nous fépare,
Peut-être fa douleur . . . . . nos ennemis . . . . les flots . . - . . . un trait mortel

____

* Les Péruviens mangeoient la chair de
leurs ennemis , buvoient leur fang , les
femmes s'en frottoient le bout des mamelles
pour le faire fucer à l'enfant.

me perce le cœur. Ami , je fuccombe à l'excès de mes maux. Mes quipos échappent de mes mains. Zilia.... Zilia !

LETTRE IV.

A KANHUISCAP.

FIDELE Anqui, tes quipos ont suspendu un instant mes alarmes, mais ils n'ont pu les bannir. Au baume salutaire que ton amitié répand sur mes maux, succedent toujours des souvenirs affreux. Je me rappelle à chaque instant Zilia dans les fers, le Soleil outragé, ses Temples profanés : je vois mon pere courbé sous le poids des chaînes, comme sous celui des ans ; ma Patrie désolée. Je n'existe plus que dans ma tristesse. tout l'accroît ; les ombres de la nuit ne me représentent que des images effrayantes. En vain le sommeil m'offre le repos, dans ses bras je ne trouve que des tourments. Cette nuit encore Zilia s'est offerte à mes yeux. Les horreurs de la mort étoient peintes sur son visage. Mon nom sembloit échaper de ses levres mourantes ; je le voyois tracé sur les quipos

II. Partie. B

qu'elle tenoit encore. Des Barbares inconnus, les armes teintes de sang, au milieu de la flamme, du tumulte & des cris, l'arrachoient d'une de ces énormes machine qui nous ont transportés, & sembloient la présenter en triomphe à leur chef odieux, quand tout à coup la mer, s'élevant jusqu'aux nues, n'a plus offert à ma vue que des fiots de sang, des cadavres flottants, des bois à demi consumés, des feux & des flammes dévorantes

En vain je veux dissiper ces tristes idées, elles viennent toujours se peindre à mon esprit. Rien ne m'arrache à ma douleur, tout l'augmente. Je hais jusqu'à l'air que je respire. Je me plains aux flots de ce qu'ils ne m'ont point englouti. Je me plains aux Dieux du jour qu'ils me laissent encore. Si leur bonté moins cruelle me permettoit de me ravir à la lumiere, si je pouvois disposer un instant de cette portion de la divinité qu'ils m'ont départie ; si ce n'étoit point un crime horrible pour un mortel, que de détruire l'ouvrage de

la Divinité, dût-on blâmer ma foiblesse, dût mon ame errer dans les
airs, Kanhuifcap, mes maux feroient
finis. Mais que dis-je ? ils augmentent tous les jours.

Reçois dans ton fein mes vives
douleurs, ô Kanhuifcap ! apprends,
s'il fe peut, le fort de Zilia, tandis
que mon cœur éperdu la demande
aux Dieux, à la nature entiere, à
moi-même.

LETTRE V.

QUE les rayons divins qui nous donnent la vie , t'échauffent de leur feu le plus doux, Kanhuiſcap ! tu nourris dans mon cœur l'eſpoir le plus flatteur. Les progrès que tu fais dans la langue des Eſpagnols, t'ont déja inſtruit que les premiers Vaiſſeaux qu'on attend ſur le rivage que tu habites , viennent de la terre du Soleil. Tu ſaura le ſort de celle pour qui ſeul je reſpire. Juge avec quelle impatience j'attends que tu m'en inſtruiſe. Je me ſuis peint d'avance l'étendue de ma félicité. L'état de Zilia s'eſt dévoilé à mes yeux. Je l'ai vue, je la vois encore remiſe à la garde du Soleil , n'ayant d'autre triſteſſe que celle de mon éloignement , parer les Autels de ce Dieu de ſa bauté , autant que des ouvrages de ſes mains. Ainſi qu'une fleur précieuſe , qui après l'orage , encore agittée par les vents

reçois les premiers rayons du Soleil ;
l'eau qui la couvre ne fert qu'à augmenter fon éclat ; de même Zilia paroît plus belle & plus chere à mon
cœur. Tantôt je la vois comme le
Soleil même, lorfqu'après une lon-
gue obfcurité, fa lumiere plus vive
annonce à nos yeux éblouis, la con-
valefcence imprévue, & la pro-
longation de nos jours. Tantôt je
fuis à fes pieds. Je reffens le trouble, l'émotion & le plaifir, le refpect, la tendreffe, tous les fentiments qui m'agittoient lorfque je jouif-
fois de fa vue ; ceux même dont fon
cœur étoit ému, Kanhuifcap, je les
éprouve. Que les chaînes des illu-
fions font fortes ! mais qu'elles font
aimables ! mes maux réels font dé-
truits par des plaifirs apparents. Je
vois Zilia heureufe : mon bonheur eft
certain.

O mon cher Kanhuifcap, ne trom-
pe pas une efpoir qui fait ma félicité, qui peut être détruit par la feule
impatience ! Que le moindre retar-
dement, généreux ami, ne differe
pas mon bonheur. Que tes quipos

noués par les mains de l'allégreſſe ,
me ſoient portés par les vents devenus plus prompts ; & que pour prix
de ton amitié , les parfums les plus
exquis ſe répendent toujours ſur ſa
tête.

LETTRE VI.

DE quel eau délicieuse te sers-
tu, cher ami, pour éteindre le
feu cruel qui dévoroit mon cœur ?
Aux inquiétudes qui m'agitoient sans
cesse, à la douleur qui m'accabloit,
tu fis succéder la joie & le calme.
Je vais revoir Zilia. O bonheur prefque inespéré ! Je ne la vois point
encore, ô cruel éloignement ! En
vain mon cœur devance ses pas. En
vain toute mon ame vole se confondre dans la sienne; il m'en reste assez
pour sentir que je suis séparé de Zilia.

Je vais la recevoir, & cette confo-
lante pensée, loin de calmer mon inquiétude, accroit mon impatience.
Séparé de ma vie même, juge quels
tourments j'endure ? à chaque instant
je meurs ; je ne renais que pour dé-
sirer. semblable au chasseur qui augmente en courant l'éteindre, la soif
qui le dévore, mon espoir rend plus
vives le flamme qui me consume ; plus
je suis prêt de m'unir à Zilia, plus

je crains de la perdre. Pour combien
de temps, fidele ami, un moment ne
nous a-t-il pas déja féparé? Et ce moment cruel, au comble de ma félicité,
je le crandrai encore.

Un élément auffi barbare qu'inconftant eft le dépofitaire de mon bonheur. Zilia, me dis-tu, abandonne
l'Empire du Soleil, pour venir dans
ces climats affreux. Long-temps erran-
tes fur les mers, avant de me rejoindre, quel dangers n'aura-t-elle pas
à courir, & combien davantage n'en
aurois-je pas à craindre pour elle!...
Mais dans quel égarement me plonge mon amour ! Je redoute des maux,
quand tout me promet des plaifirs;
des plaifirs dont l'idée feule..... Ah !
Kanhuifcap, quelle joie! quel fentiment jufqu'alors inconnu ! .... tous
mes fens fe féparent pour goûter le
même plaifir. Zilia s'offre à mes yeux ;
j'entends les tendres accents de fa voix.
Je l'embraffe. Je meurs.

LETTRE VII.

SI, susceptible d'altération , quelque chose pouvoit diminuer ma joie, Kanhuiscap, le terme où tu remets mon bonheur, pourroit l'affoiblir.

Avant de me rendre heureux , il faut que le Soleil éclaire cent fois le monde ; avant cet espace immense de temps, Zilia ne peut m'être rendue.

En vain l'amitié s'efforce de me dédommager des rigueurs de mon fort ; elle ne peut m'arracher à mon impatience.

Alonzo , que l'injuste Capa-Inca des Espagnols a nommé pour s'asseoir avec mon pere fur le trône du Soleil ; Alonzo , à qui les Espagnols m'ont confié , veut inutilement me dérober à ma douleur. L'amitié qu'il me témoigne, les mœurs de ses compatriotes qu'il me fait observer , les amufements qu'il cherche à me procurer, les réflexions auxquelles je m'abandonne moi-même , ne font que la charmer.

II Partie. C

La douleur amere où m'avoit plongé la féparation de Zilia, m'avoit empêché jufqu'ici de faire aucune attention fur les objets qui m'environnent. Je ne voyois, je n'efpérois que des maux. Je me plaifois, pour ainfi dire, dans mon infortune. Je ne vivois point : pouvois-je rien confidére ? Mais à peine ai-je donné à la joie les moments que l'amour lui devoit, que j'ai ouvert les yeux. Quel fpectacle alors m'a frappé ! puis-je te peindre combien il me furprend encore ? Je me trouve feul au milieu d'un monde que je n'euffe jamais imaginé. J'y vois des hommes femblables à moi. Une furprife égale les faifit & me frappe. Mes regards avides fe confondent dans les leurs. Une foule de peuple qui s'agite & circule fans ceffe dans le même efpace, où il femble que le fort l'ait renfermé ; d'autres qu'on ne voit prefque jamais, & qui ne fe diftinguent de ce peuple laborieux que par leur oifiveté ; des rumeurs, des cris, des querelles, des combats, un bruit affreux, un trouble continuel : voilà d'abord tout ce que je pus difcerner.

Dans ces commencements mes regards embraffant trop de chofes, n'en pouvoient diftinguer aucune. Je ne fus pas long-temps à m'en appercevoir ; c'eft pourquoi je réfolus de leur prefcrire des bornes, & de commencer à réfléchir fur ce que je voyois de plus près ; c'eft ainfi que la maifon d'Alonzo eft devenue le fiege de mes penfées. Les Efpagnols que j'y vois m'ont paru un objet affez confidérable pour m'occuper quelque temps, & me faire juger par leurs inclinations de celles de leurs compatriotes. Alonzo, qui a habité affez de temps dans nos contrées , & qui conféquemment n'ignore ni nos ufages, ni notre langue, m'aide dans les découvertes que je veux faire. Cette ami fincere , dégagé des préjugés de fa nation , m'en fait fouvent fentir le ridicule. Regardez cet homme grave , me difoit-il l'autre jour, qu'à fon regard fier , fa mouftache retrouffée, fon bonnet enfoncé, & à fa fuite nombreufe , vous preniez déja pour un fecond *Huana-*

*Capac** ? c'eft un Cucipatas qui a promis à notre *Eachamac* § d'être humble, doux & pauvre. Celui-ci, à qui la liqueur qu'il prend à fi grands traits, ne laiffera bientôt plus aucune marque de raifon, eft un Juge qui, dans une heure au plus, va décider de la vie ou de la fortune d'une douzaine de citoyens. Cet homme qui eft encore plus amoureux de lui - même que de cette Dame auprès de laquelle il paroît fi empreffé, qui à peine peut fupporter la chaleur du jour & l'habit parfumé qui le couvre, qui parle avec tant de feu de la moindre bagatelle, dont la débauche a creufé les yeux, pâli le vifage, & éteint même jufqu'à la voix, eft un guerrier qui va conduire trente mille hommes au combat.

C'eft ainfi, Kanhuifcap, qu'à l'aide d'Alonzo, je vois diffiper pendant quelques moments l'inquiétude qui me confume. Mais, hélas, qu'elle reprend bientôt fa place! Ces amufements de l'efprit le cédent toujours aux affections du cœur.

---

* Nom du plus grand Conquérant du Pérou.
§ Le Dieu Créateur.

LETTRE VIII.

LEs obſervations qu'Alonzo me fait faire ſur les caracteres de ſes concitoyens, ne m'empêchent pas de jetter quelque fois les yeux ſur le ſien. Admirateur des vertus de cet ami ſincere, je ne laiſſe pas d'en remarquer les défauts. Sage, généreux & vaillant, il eſt cependant foible, & donne dans les ridicules qu'il condamne; voyez ce guerrier reſpectable & terrible, me diſoit-il, ce ferme défenſeur de notre patrie, cet homme qui d'un ſeul coup d'œil ſe fait obéir par un millier d'autres, il eſt eſclave dans ſa propre maiſon, & ſoumis aux moindres volontés de ſa femme. Ainſi me parloit Alonzo, lorſque Zulmire entra. A l'air impérieux qu'elle affectoit, aux tendres embraſſements de ſon pere, je ne pus douter qu'Alonzo ne fût dans le cas du guerrier dont il venoit de blâmer la foibleſſe. Ne crois pas que eet Espagnol foit le feul de fa nation qui ne pardonne point aux autres fes propres foibleffes. Un fpectacle affez fingulier me l'a prouvé. Je me promenois un de ces jours dans un jardin, où dans la foule je diftinguai un petit monftre : il étoit de la hauteur d'une *Vicunna* *, fes jambes étoient contournées comme un *Amaruc* §, & fa tête enfoncée dans fes épaules, pouvoit à peine fe tourner. Je ne pouvois m'empêcher de plaindre le fort de cet infortuné, lorfque de grands éclats de rire vinrent à me diftraire. Je regardai d'où ils partoient. Quelle fut ma furprife, quand je vis que c'étoit un homme prefque auffi difforme que le premier, qui fe railloit de la taille du petit monftre, & en faifoit remarquer à d'autres la fingularité. Se peut-il que nous ne reconnoiffions pas nos défauts, lors même que nous les remarquons dans les autres ? Se peut-il que l'excès d'une vertu de-

---

* Efpece de Chevre des Indes.

§ Couleuvre des Indes.

vienne une foiblesse ? Alonzo sou-
mis à sa fille, seroit inexcusable de
ne la pas aimer. La vivacité de l'esprit, les graces, la beauté, le Dieu
Créateur lui a tout donné. Son port,
ses regards languissans, malgré le feu
qui les anime, le vif éclat de son
teint, me font assez juger qu'elle
a un cœur sensible, mais vain ;
doux, mais ardent dans ses moindres
désirs.

Quelle différence, ami, entr'elle
& Zilia ! Zilia qui, ignorant presque sa beauté, voudroit la cacher à
tout autre qu'à son vainqueur ; elle
que la modestie & la candeur con-
duisent, & dont le cœur occupé seul
par l'amour le plus pur & le plus
tendre, ne sent point les mouvements de l'orgueil, & méprise les
détours de l'art ; elle qui, pour plaire,
ne sait qu'aimer, elle enfin . . . .
Quelle flamme ardente consume mon
ame ! Zilia, ma cheré Zilia ! ne me
feras-tu jamais rendue ? Qui peut retarder encore notre félicité ? Les
Dieux seroient-ils jaloux des plaisirs
d'un mortel ? Ah ! cher ami, si

ce n'eſt que pour eux que l'amour doit avoir des douceurs , pourquoi nous font-ils connoître la beauté ? Ou pourquoi, maîtres de nos cœurs , nous laiſſent-ils deſirer un bonheur qui les offenſe ?

LETTRE IX.

SANS le secours de la langue Espagnole, les réflexions qu'Alonzo me fait faire, ne pouvoient pas être portées à un certain point, & celles où je me livre moi-même, ne pouvoient qu'être superficielles. Cherchant à charmer mon impatiennce, j'ai demandé un maître qui pût m'instruire dans cette Langue. Les connoissances qu'il m'a communiquées, me mettent déja en état de profiter des conversations, & d'examiner de plus près le génie & le goût d'une Nation qui semble n'avoir été créée que pour la destruction de la terre, dont cependant elle croit être l'ornement. D'abord je pensois que ces Barbares ambitieux, occupés à faire le malheur des peuples qui les ignorent, ne s'abreuvoient que de sang, ne voyoient le Soleil qu'à travers d'une obscure fumée, & s'occupoient

uniquement à forger la mort ; car ,
tu le fais auffi-bien que moi , ce
tonnerre dont ils nous ont frappé ,
avoit été créé par eux. Je croyois
ne rencontrer dans leurs Villes que
des Artifants de la foudre , des Soldats
s'exerçant à la courfe & au combat ,
des Princes teints du fang qu'ils
ont verfé , bravant , pour en répandre encore , les chaleurs du jour ,
la glace des ans , la fatigue , & la
mort.

Tu prévois ma furprife , lorfqu'à
la place de ce théatre fanglant qu'a-
voit élevé mon imagination , j'ai vu
le trône de la clémence.

Ces peuples qui , je crois , n'ont
été cruels que pour nous , paroiffent gouvernés par la douceur. Une
étroite amitié femble lier les concitoyens. Ils ne fe rencontrent jamais qu'ils ne fe donnent des mar-
ques d'eftime , d'amitié , & même de refpect. Ces fentiments bril-
lent dans leurs yeux , & comman-
dent à leur corps. Ils fe profter-
nent les uns devant les autres. Enfin , à leurs embraffements conti-

nuels, on les prendroit plutôt pour une famille bien unie, que pour un peuple.

Ces guerriers, qui nous ont paru si redoutables, ne font ici que des veillards encore plus aimables que les autres, ou de jeunes gens enjoués, doux & prévenants. La molleſſe qui les gouverne, la peine qu'un rien leur coûte, les plaiſirs qui font leur unique étude, & les ſentiments d'humanité qu'ils laiſſent paroître, me feroient croire qu'ils auroient deux corps, l'un pour la ſociété, l'autre pour la guerre.

Quel différence en effet ! Ami, tu les as vus porter dans nos murs déſolés l'horreur, l'épouvante & la mort. Les cris de nos femmes expirantes ſous leurs coups, la vieilleſ-ſe reſpectable de nos peres, les ſons douloureux que produiſoient à peine les tendres organes de nos enfants, la majeſté de nos Autels, la ſainte horreur qui les environne, tout ne faiſoit qu'augmenter leur barbarie.

Et je les vois aujourd'hui adorer les appas qu'ils fouloient aux pieds,

honorer la veilleſſe , tendre une main
ſecourable à l'enfance , & reſpecter
les Temples qu'ils profanoient. Kanhuiſcap , ſeroient-ce donc les mémes
hommes ?

LETTRE X.

PLUS je réfléchis fur la variété du goût des Efpagnols, moins j'en découvre le principe. Cette Nation n'en paroît avoir qu'un qui foit général, c'eft celui qui la porte à l'oifiveté. Il y a cependant une divinité à peu près du même nom, c'eft le bon goût. Une foule choifie d'adorateurs lui facrifie tout jufqu'à fon repos; quoique cependant une partie ignore (& cette partie eft la plus fincere) quel eft ce Dieu; l'autre, plus orgueilleufe, en donne des définitions qui ne font pas plus intelligibles pour les autres que pour elle-même. C'eft, felon bien des gens, un Dieu qui, pour être invifible, n'en eft pas moins réel. Chacun doit fentir fes infpirations. Il faut convenir avec le Sculpteur, qu'on le voit caché fous un mafque hideux, qui paroît voltiger fur deux aîles de chauve-fouris, & qu'un petit enfant enchaîne galamment avec une guir-

lande de fleurs. Une espece d'hommes, qu'on appelle ici petits-maîtres,
vous forcera de dire que ce Dieu est
plutôt dans son pourpoint, que dans
celui d'un de ses pareils; & la preuve
quelle en apportera, (à laquelle vous
ne pourez vous refuser) c'est que
les fentes de son pourpoint sont plus
ou moins grandes que celles de l'autre.

Il y a quelques jours que je fus
voir un édifice dont on m'avoit fait
un récit fort incertain. A peine l'eus-
je apperçu, que je vis près la porte
deux troupes d'Espagnols qui sembloient en guerre ouverte l'une contre l'autre. je demandai à quelqu'un
qui m'accompagnoit, quel étoit le
sujet de leur division. C'est me dit-
il, un grand point. Il s'agit de décider de la réputation de ce Temple
& du rang quil doit tenir dans la
postérité. Ces gens que vous voyez
sont des connoisseurs. Les uns sou-
tiennent que c'est une masse de pierres, qui n'a rien de rare que son
énormité ; les autres opposent que
cet édifice n'est rien moins qu'énor-

me , & qu'il eſt conſtruit dans le bon goût.

Après avoir laiſſé ce peuple de connoiſſeurs , j'entrai dans le Temple. A peine eus-je fait quelques pas , que je vis peint ſur un lambris un Vieillard vénérable, dont la grandeur & la nobleſſe des traits inſpiroient le reſpect. Il paroiſſoit porté ſur les vents , & étoit environné de petits enfants ailés qui baiſſoient les yeux ſur la terre. Que repréſente ce Tableau , demandai-je ? C'eſt , me répondit un vieux Cucipatas , après pluſieurs inclinations , le portrait du Maître de l'Univers qui d'un ſouffle a tout tiré du néant : mais interrompit-il avec précipitation , avez-vous examiné ces pierres précieuſes qui couvrent cet Autel ? Il n'avoit pas achevé ces paroles , que la beauté d'une de ces pierres m'avoit déja frappé. Elle repréſentoit un homme la tête ceinte de lauriers. Je ne fus pas long-temps à m'informer quel étoit cet homme qui avoit mérité une place à côté d'un Dieu. C'eſt, me dit le Cucipatas d'un air riant , la tête du Prince le plus cruel & le plus méprisable qui ait jamais exifté. Cette réponfe me jetta dans une fuite de réflexions que le défaut d'expreffion m'empêcha de communiquer. Revenu de mon premier étonnement, d'un pas refpectueux, je quittois le Temple, lorfqu'un autre objet m'arrêta. Dans l'endroit le plus obfcur, à traver la poufliere, mes yeux démêlerent la tête d'un vieillard. Il n'avoit ni la majefté ni le vifage du premier. Quel fut mon étonnement, quand on voulut me perfuader que c'étoit le portrait du même Dieu, feul Créateur de toutes chofes. Le peu de refpect que ce Cucipatas paroiffoit avoir pour ce portrait, m'empêcha de le croire, & je fortis indigné contre cet impofteur.

Quelle apparence en effet, Kanhuifcap, que les mêmes hommes, dans le même lieu, foulent aux pieds le Dieu qu'ils adorent?

Ce n'eft pas là la feule contradiction que les Efpagnols aient avec eux-mêmes : rien de plus fréquent

fréquent que celles que le temps ope-
re fur eux.

Pourquoi détruit-on ce Palais à
qui la folidité permettoit encore un
fiecle au moins de durée ? C'eft,
m'a-t-on répondu, parce qu'il n'eft
plus de goût. C'étoit dans fon temps
un chef-d'œuvre conftruit à grands
frais, mais il eft ridicule aujourd'hui.

Quoique cette Nation foit efclave
de ce prétendu bon goût, elle fe
difpenfe cependant d'en poffédér en
propre. Il y a ici des gens de goût,
qui, payés pour en avoir, vendent
chérement aux autres celui que le
caprice leur atttribue. Alonzo me fit
remarquer l'autre jour un de ces hommes qui ont la réputation de fe vêtir
avec une certaine élégance, dont, à
les croire, on fait un grand cas ; pour
contrafter avec lui, il me montra en
même temps quelqu'un qui paffoit
pour n'avoir aucun goût. Je ne favois
en faveur duquel me décider, l'orfque
le public, devant qui ils étoient,
porta le jugement en fe moquant de
tous les deux.; de-là, la feule différence pofitive que je pus établir en-

tre l'homme de goût & celui qui en
manque, c'eſt qu'ils s'écartent de la
nature par deux chemins différent,
& que ce Dieu qu'ils appellent bon
goût, choiſit ſa demeure, tantôt au
bout de l'une de ces routes, tantôt
au bout de l'autre. Malheur alors à
qui ne prend pas le véritable ſentier.
On le honnit, on le mépriſe, juſqu'à
ce que ce Dieu venant à changer de ſé-
jour, le mette en droit, au moment
qu'il y penſe le moins, de rendre aux
autres la pareille.

Cependant Kanhuiſcap, à enten-
dre les Eſpagnols, rien n'eſt plus conſ-
tant que le goût: & s'il a changé tant
de fois, c'eſt que leurs ancêtres igno-
roient le véritable. Que je crains bien
que le même reproche ne ſoit encore
dans la bouche du dernier de leurs
deſcendants.

LETTRE XI.

T'AVOURAI-JE ma surprise, Kanhuiscap, lorsque j'ai appris que dans ces climats, que je croyois habitées par la vertu même, ce n'est que par force qu'on est vertueux. La crainte du châtiment & de la mort, inspire seule ici des sentiments que je croyois que la nature avoit gravés dans tous les cœurs. Il y a des volumes entiers qui ne sont remplis que de la prohibition du crime. Il n'est point d'horreur que l'on puisse imaginer, qui ni trouve son châtiment; que dis-je, son exemple. Oui, c'est moins une sage prévoyance que les modeles du crime, qui a dicté les loix qui le défendent. A en juger par ces loix, quels forfaits les Espagnols n'ont-ils pas commis? Ils ont un Dieu, & l'ont blasphémé; un Roi, & l'ont outragé; une foi, & l'ont violée. Ils s'aiment, se respectent les uns les autres, & cependant ils se donnent la mort. Ami, ils se trahissent : unis par leur Religion , ils se détestent. Où est donc , me demandai - je sans cesse , cette union que j'avois trouvée d'abord parmi ces peuples ; ce lien charmant dont il sembloit que l'amitié enchaînoit leurs cœurs ? Puis-je croire qu'il ne soit formé que par la crainte ou par l'intérêt ? Mais ce qui m'étonne le plus , c'est l'existence des loix. Quoi ! un peuple qui a pu violer les droits les plus saints de la nature , & étouffer sa voix , se laisse gouverner par la voix presqu'éteinte de ses ancêtres? Quoi ! ces peuples , pareils à leur Hamas , ouvrent la bouche au frein que leur présente un homme dont ils viennent de déchirer le semblable ? Ah ! Kanhuiscap , que malheureux est le Prince qui regne sur de tels peuples ? Combien de piéges n'a-t-il pas à éviter ? Il faut qu'il soit vertueux , s'il veut conserver son autorité , & sans cesse le crime est devant ses yeux : le parjure l'environne , l'orgueil devance ses pas, la perfidie , baissant les yeux , suit ses traces , & il n'apperçoit jamais la vérité qu'à la fauſſe lueur du flambeau de l'envie,

Telle eſt la véritable image de cette foule qui environne le Prince, & qu'on appelle la Cour. Plus on eſt près du trône, plus on eſt loin de la vertu. Un vil flatteur s'y voit à côté d'un défenſeur de la patrie ; un bouffon auprès d'un Miniſtre le plus ſage, & le parjure, échappé au ſupplice qu'il mérite, y tient le rang dû à la probité. C'eſt pourtant dans le ſein de cette foule de criminels heureux, que le Roi prononce la juſtice. Là il ſemble que les loix ne lui ſont appriſes que par ceux qui les violent eux-mêmes. L'arrêt qui condamne un coupable, eſt ſouvent ſigné par un autre.

Car telles rigoureuſes que ſoient les loix, elles ne le ſont pas pour tout le monde. Dans le cabinet d'un Juge, une belle femme tombant en pleurs à ſes genoux, un homme qui apporte un amas aſſez conſidérable de pieces d'or, blanchiſſent aiſément l'homme le plus criminel, tandis que l'innocent expire dans les tourments.

Ah ! Kanhuiſcap , qu'heureux ſont les enfants du Soleil , que la vertu ſeule éclaire ! Ignorant le crime , ils n'en craignent pas la punition ; & comme elle eſt leur juge , la nature ſeule eſt leur loi.

LETTRE XII.

RAREMENT, Kanhuiscap, le premier point de vue d'où l'on considere les choses, est le plus juste. Quelle différence entre ce peuple, & celui que j'avois vu la premiere fois. Toute sa vertu n'est qu'un voile léger, à travers lequel on distingue les traits de ceux qui veulent s'en couvrir : sous l'éclat éblouissant des plus belles actions, on entrevoit toujours la semence de quelques vices. Ainsi les rayons du Soleil, qui semblent donner à la rose une plus belle couleur, nous font mieux appercevoir les épines qu'elle cache.

Un orgueil insupportable est la source de cette aimable union qui m'avoit d'abord charmé ; ces tendres embrassements, ce respect affecté, partent du même principe. La moindre inflexion de corps est regardée ici comme un devoir exigé seul par le rang & l'amitié ; & les hommes les plus vils de ce Royaume, qui se

haïssent davantage , se donnent mu-
tuellement ce faux hommage.

Un grand passe devant vous , il se
découvre , c'est un honneur ; il vous
sourit , c'est une grace ; mais on ne pense pas qu'il faut acheter ce salut si ho-
norable , ce sourire si flatteur , par un
millier d'abaissements & de peines. Je
mens : il faut être esclave pour recevoir des honneurs.

L'orgueil a encore ici un autre voile, c'est la gravité , ce vernis qui donne un air de raison aux actions les plus
insensées. Tel seroit un homme généralement estimé, s'il avoit eu la foiblesse de contraindre son enjouement ,
qui, avec toute la prudence & l'esprit
possibles, est regardé comme un étour-
di ; être sage, ce n'est rien ; le paroître,
c'est tout.

Cet homme , dont la sagesse & les
talens répondent à la douceur qui est
peinte sur son visage , me disoit l'autre jour Alonzo , ce génie presque
universel, a été exclus des charges les
plus importantes , pour avoir ri une
fois inconsidérément.

Il ne faut donc pas s'étonner ,
Kanhuiscap ,

Kanhuiſcap., ſi l'on fait ici de très-grandes ſottiſes de ſang froid. Auſſi ce furieux affecté ne fait-il pas ſur moi une grande impreſſion. J'apperçois l'orgueil de celui qui l'affecte, & à meſure qu'il s'eſtime, je le mépriſe davantage. Le mérite & l'enjouement ſont-ils donc des êtres antipatiques? Non, la raiſon ne perd jamais rien aux plaiſirs que l'ame ſeule reſſent.

LETTRE XIII.

JE ne puis m'empêcher de te le répéter encore, Kanhuifcap, les Efpagnols me paroiffent quelque chofe d'indéfiniffable. A toutes les contradictions qu'ils font paroître, j'en vois tous les jours fuccéder de nouvelles. Que penferas-tu de celle-ci? Cette Nation a un Dieu * qu'elle adore, & loin de lui faire aucune offrande, c'eſt ce Dieu qui la nourrit. On ne remarque point dans fes Temples aucuns *Curacas* §, fymboles de fes befoins; enfin, il y a certains temps de la journée, où l'on

---

* Il faut obferver que c'eſt un Péruvien qui parle, & qu'il n'a qu'une connoiffance imparfaite de notre culte.

§ Statues de différents métaux & différemment habillées, & qu'on plaçoit ou attiroit dans le Temple. C'étoient des efpeces d'*ex-Voto*, qui caractérifoient les befoins de ceux qui les offroient.

prendroit les Temples pour des Palais déferts.

Quelques vieilles femmes y demeurent cependant prefque tout le jour. L'air de dévotion qu'elles affectent, les larmes qu'elles répandent, me les avoient d'abord fait eftimer. Le mépris qu'on faifoit d'elles me touchoit, lorfqu'Alonzo fit ceffer ma furprife. Que ces femmes, me dit-il, qui ont déja acquis votre eftime, vous font peu connues ! une de celles que vous voyez eft payée par des femmes proftituées pour trafiquer leurs charmes.

Cette autre facrifie fon bien & fon repos à la défolation de fa famille.

Meres dénaturée, les unes confient leurs enfants à des gens à qui elles ne voudroient point confier le moindre bijou, pour venir adorer un Dieu qui, à ce dont elle conviennent, ne leur ordonne rien tant que l'éducation de ces mémes enfants.

Les autres, revenues des plaifirs du monde, parce qu'elles ne le peuvent plus goûter, se font ici devant leur Dieu une vertu des vices qu'elles ont remarqué dans les autres.

Que ces Nations barbares, Kanhuiscap, sont difficiles à accorder avec elles-mêmes ! Leur Religion n'est pas plus aisée à concilier avec la nature. La conduite de leur Dieu à leur égard, est aussi variable que la leur envers lui. *

Ils reconnoissent comme nous, un Dieu Créateur. Il diffère, il est vrai, du nôtre, en ce qu'il n'est qu'une pure substance, ou, pour mieux dire, que l'assemblage de toutes les perfections. Nulle borne ne peut être prescrite à sa puissance ; nulle variation ne peut lui être imputée ; la sagesse, la bonté, la justice, la toute-puissance, l'immutabilité composent son essence. Ce Dieu a toujours existé, & existera toujours. Voilà la définition que m'en ont donnée les Cucipatas de cet Em-

_____

* C'est toujours un Péruvien qui parle.

pire, qui n'ignorent rien de ce qui s'est passé depuis, & même avant la création du monde.

Ce fut ce Dieu qui mit les hommes sur la terre, comme dans un lieu de délices. Il les plongea ensuite dans une abyme de miseres & de peines, après quoi il les détruisit. Un seul homme cependant fut excepté de la ruine totale, & repeupla le monde d'hommes encore plus méchants que les premiers. Cependant Dieu, loin de les punir, en choisit un certain nombre, à qui il dicta ses Loix, & promit d'envoyer son Fils. Mais ce peuple ingrat, oubliant les bontés de son Dieu, immola ce Fils, le gage le plus cher de sa tendresse. Rendue par ce crime l'objet de la haine de son Dieu, cette Nation éprouva sa vengeance : sans cesse errante de contrée en contrée, elle remplit l'Univers du spectacle de son châtiment ; ce fut à d'autres hommes, jusqu'alors plus dignes de la colere céleste, que ce Fils, tant promis, prodiga ses bienfaits. Ce fut pour eux qu'il inftitua de nouvelles Loix , qui ne different qu'en peu de chofes des anciennes.

Voilà fage ami , la conduite de ce Dieu envers les hommes. Comment l'accorder avec fon effence ? Il eft tout-puiffant, immuable. C'eft pour les rendre heureux qu'il créa ces peuples , & cependant aucun bonheur réel ne les dépouille des infirmités humaines. Il veut les rendre heureux ; fes Loix leur défendent le plaifir qu'il a fait pour eux , comme eux pour le plaifir ; il eft jufte , & il ne punit pas dans les defcendants les crimes qu'il a punis fi févérément dans les peres. Il eft bon , & fa clémence fe laffe prefqu'auffi-tôt que fa févérité.

Perfuadés qu'ils font de la bonté, de la puiffance & de la fageffe de ce Dieu, tu croiras peut-être, Kanhuifcap , que les Efpagnols fideles à fes Loix , les fuivent avec fcrupules : fi tu le penfes , que ton erreur eft grande ! Abandonnés fans ceffe & fans réferve à des vices défendus par fes Loix , ils prouvent , ou que la justice de ce Dieu n'est pas assez grande , qui ne punit pas des actions qu'il défend , ou que sa volonté est trop sévere , qui défend des actions que sa bonté l'empêche de punir.

E 4

LETTRE XIV.

PEUT-ETRE as-tu pensé, fidele ami, qu'adouci par le temps, l'impatience qui dévoroit mon cœur s'étoit enfin ralentie. J'excuse ton erreur, je l'ai causée moi-même. Les réflexions auxquelles tu m'as vu livré quelque temps, ne pouvoient partir que d'une ame tranquille, ainsi que tu le pensois. Quitte une erreur qui m'offense. Souvent l'impatience emprunte d'une tranquillité apparente les armes les plus cruelles. Je ne l'ai que trop éprouvé. Mon esprit contemploit d'un œil incertain les différents objets qui s'offroient devant moi ; mon cœur n'en étoit pas moins dévoré d'impatience. Toujours présente à mes yeux, Zilia me conservoit à mon inqtuiéude, dans les moments même où ma philosophie te sembloit un garant de mon repos.

Les Sciences & l'étude peuvent

diſtraire : mais elles ne font jamais oublier les paſſions : & quand elles auroient ce droit, que pourroient-elles ſur un penchant que la raiſon autoriſe ? Tu le ſais, mon amour n'eſt point une de ces vapeurs paſſageres, que le caprice fait naître, & que bientôt il diſſipe. La raiſon qui me fit connoître mon cœur, m'apprit qu'il étoit fait pour aimer. Ce fut à la lueur de ſon flambeau que la premiere fois j'apperçus l'amour. Pouvois-je ne le pas ſuivre ? Il me montroit la beauté. Dans les yeux de Zilia il me fit voir ſa puiſſance, ſes douceurs, ma félicité ; & loin de s'oppoſer à mon bonheur, la raiſon m'apprit qu'elle n'étoit ſouvent que l'art de faire n'aître & durer les plaiſirs.

Juge à préſent, Kanhuiſcap, ſi la Philoſophie a pu diminuer mon amour. Les réfléxions que je fais ſur les mœurs des Eſpagnols, ne peuvent que l'augmenter. La diſproportion de vertu, de beauté ! de tendreſſe, que je remarque entr'elles & Zilia, me fait trop connoître combien il eſt cruel d'en être ſéparé.

Cette innocente candeur, cette franchiſe aimable, ces doux tranſports où ſon ame ſe livroit, ne ſont ici que des voiles dont ſe couvrent la licence & la perfidie. Cacher l'ardeur la plus vive, pour en faire paroître une que l'on ne reſſent pas, loin d'être puni comme un crime, eſt regardé comme un talent. Vouloir plair à quelqu'un en particulier, c'eſt un crime ; ne pas plaire à tous, c'eſt une honte : tels ſont les principes de vertu que l'on grave ici dans le cœur des femmes. Dés qu'une d'elle a eu le bonheur, ſi c'en eſt un, d'être décidée belle, il faut qu'elle ſe prépare à recevoir l'hommage d'une foule d'adorateurs à qui elle doit tenir compte de leur culte, au moins par un coup d'œil chaque jour. Quand la perſonne qui jouit de cette réputation, eſt ce qu'on appelle coquette, la premiere démarche qu'elle fait eſt pour démêler dans la troupe celui qui eſt le plus opulent. Cette découverte une fois faite, tous ſes ſoins, ſes actions doivent tendre à lui plaire : elle y réussit, l'épouse ; alors elle consulte son cœur. Sa beauté prend un nouvel éclat, elle va tous les jours dans les temples & dans les endroits publics : là, à travers un voile qui exempte son front de rougir, & ses yeux de baisser, elle passe en revue la troupe fidelle.

Alvarès & Pédre partagent bientôt son cœur. Elle balance entr'eux, se décide pour le premier ; cache son choix à tous les deux, les laisse soupirer. Sans décourager Pédre, elle rends Alvarès heureux, s'en dégoûte, retourne à Pédre qu'elle abandonne bientôt pour un autre. Ce n'est pas là le plus difficile de ses entreprises. Il faut qu'elle persuade à tout le monde qu'elle chérit son mari, & qu'elle fasse connoître à son époux le bonheur qu'il a d'avoir une femme sage.

Le public a aussi un devoir à remplir, dont il s'acquitte très-bien, c'est de faire souvenir le mari de ce qu'il a épousé une belle femme.

Il n'est point jusqu'à Zulmire, dont ces contagieux exemples n'ayent perverti le cœur. Je crois qu'enfant en-

core , elle avoit la paſſion dangereu-
ſe de vouloire plaire. Ses moindres
mouvements , ſes regards les plus in-
différents, ont toujours quelque cho-
ſe qui ſemble partir du cœur. Ses diſ-
cours ſont flateurs , ſes yeux paſſion-
nés , & ſa voix touchante ſe perd
ſouvent dans de tendres ſoupirs. C'eſt
ainſi , Kanhuiſcap, qu'ici , par des ſe-
crets différents , la vertu a les dehors
du vice, tandis que le vice ſe couvre
du manteau de la vertu.

LEETTRE XV.

O Vérité qui me furprend encore ! O connoiffance profonde!
Kanhuifcap , le Soleil , ce chef-
d'œuvre de la nature ; la terre * ,
cette mere féconde , ne font point
des Dieux. Un Créateur différent
du nôtre les a produits ; d'un regard il peut les détruire. Confondus dans un vafte cahos , enve-
loppés d'une matiere groffiere , du
fein de la confufion il tira ces
aftres lumineux , & les peuples qui
les adorent. A toute matiere il donna
une vertu productive. Le Soleil à fa
voix , diftribua la lumiere ; la Lu-
ne reçut fes rayons, nous les tranfmit.
La terre produifit , alimenta par fes
fucs ces arbres , ces animaux que

* Les Péruviens adoroient la terre fous le
nom de Mamachaa,

nous adorons. La mer qu'un Dieu feul pouvoit dompter , nous nourrit des poiffons qu'elle renfermoit : & l'homme , créé maître de l'Univers , régna fur tous les animaux.

Voilà , cher ami , ces myfteres , dont l'ignorance a caufé nos malheurs. Si , inftruits, comme les Efpagnols , des fecrets de la nature , nous euffions fu que ce foudre , qu'ils ont lancé fur nous, n'étoit qu'un amas de matiere , que nos climats renfermoient : que Yllapas méme , ce Dieu terrible , n'étoit qu'une vapeur que la terre produifoit , & que le hazard guidoit dans fa chute ; que ces Hamas furieux , qui fuyoient devant nous , pouvoient nous être foumis , paifibles témoins de la grandeur de nos peres , euffions-nous fervi de triomphe à ces barbares ?

Il femble en effet , Kanhuifcap, que la nature n'ait point de voile pour ces peuples ; fes actions les

plus cachées leur font connues. Ils
lifent au plus haut des Cieux &
dans le plus profond des abymes, &
il femble qu'il n'appartienne plus à
la nature de changer ce qu'ils ont une
fois prévu.

LETTRE XVI.

L'Aurois-je pu penser, Kanhuiscap, que ces peuples, que la raison elle-même semble éclairer, fuſſent les eſclaves des ſentiments de leurs ancêtres? Quelque fauſſe qu'elle ſoit, une opinion reçue doit être ſuivie. On ne peut la combattre ſans riſquer d'être taxé au moins de ſingularité.

Le ſentiment naturel, cette voix ſi diſtincte, qui nous parle ſans ceſſe, ce brillant flambeau eſt éteint par un préjugé; c'eſt un tyran qui, pour être haï, n'en eſt pas moins puiſſant: un fourbe qui, pour être connu, n'en eſt pas moins dangereux. Ce tyran cependant ne ſeroit pas difficile à vaincre, s'il n'avoit un ſoutien encore plus dangereux que lui, la ſuperſtition. C'eſt cette fauſſe lumiere qui conduit ici la plûpart des hommes, qui leur fait préférer des opinions fabuleuſes à la force de la vérité. Un homme

qui

qui visitera les Temples plusieurs fois dans la journée, s'il y paroît dans une contenance hypocrite & outrée, quelque vice dont il soit la proie, quelque crime qu'il commette, sera généralement estimé ; tandis que le plus vertueux qui aura secoué le joug de ces préjugés, ne s'attirera que des mépris. L'homme d'esprit ne doit point écouter les préjugés. L'homme sans préjugés passe ici pour impie. Il n'est pas permis de n'être ici que ce qu'on appelle sage : il faut ajouter à ce titre celui de dévot, ou l'on vous gratifie du nom de libertin. Les distributeurs de l'estime publique, ces gens si méprisables par eux-mêmes, n'admettent jamais de classe intermédiaire. N'être ni dévot, ni libertin, c'est pour eux un problême ; c'est être à leurs yeux éblouis ce que leurs sont les amphibies, un monstre.

Les Espagnols ont deux Divinités : l'une préside à la vertu, l'autre au crime. Si, sans affectation, vous vous contentez de sacrifier intérieuremens à la première on vous taxe bientôt d'adorer l'autre. Ce n'est pas que l'empire du la vertu soit absolu. Ses sujets ont beaucoup à redouter de la part de Dieu du crime. Car ils sont toujours obligés de paroître en public avec des armes propres à le combattre, & qui ne suffisent pas toujours pour lui résister. On arrêta l'autre jour un homme qui avoit commis plusieurs crimes, & l'on disoit hautement qu'il falloit que le diable l'eût conduit à cet excès d'abomination ; il avoit cependant attaché à son col un sorte de cordon qui avoit été consacré par des Cucipatas au Dieu de bonté. Il tenoit d'une main des grains enfilés dans un autre cordon, qui avoit le pouvoir d'éloigner le moteur de ses forfaits, & de l'autre le poignard qui lui avoit servi à les commettre.

Je fus conduit hier dans une grande place, où une quantité prodigieuse de peuple témoignoit une joie extrême, en voyant brûler plusieurs de leurs semblables. L'habit singulier dont ils étoient revêtus, l'air satisfait des facrificateurs qui les conduifoient comme en triomphe, me les firent prendre pour des victimes que ces Sauvages alloient immoler à leurs Dieux. Quel fut mon étonnement, quand j'appris que le Dieu de ces Barbares avoit en horreur, non-feulement le fang des hommes, mais encore celui des animaux ! De quelle horreur ne fus-je pas faifi moi-même, quand je me reffouvins que c'étoit au Dieu de bonté que des Prêtres déréglés alloient faire ces odieux facrifices ? Ces Cucipatas comptent-ils appaifer leur Dieu ? L'expiation même doit plus l'offenfer que les crimes qui ont pu l'irriter contr'eux. Kanhuifcap, quelle horreur déplorable !

LETTRE XVII.

LE défir que tu parois avoir de t'inftruire, fidele ami, me fatisfait autant qu'il m'embarraffe. Tu me demandes des certitudes, des éclairciffements fur des découvertes dont je t'ai fait part; tes doutes font excufables; mais je ne puis fatifaire à ce que tu exiges. Je l'euffe fait, il y a peu de temps. Je concevois les chofes plus aifément que je ne les écrivois, & mon efprit, plus prompt que ma main, trouvoit l'évidence où il ne trouve plus que l'incertitude. Il y a deux jours que je voyois la terre ronde; on me perfuade à préfent qu'elle eft plate. De ces deux idées ma raifon n'en admet qu'une indubitable, qui eft qu'elle ne peut être à la fois l'une & l'autre. C'eft ainfi que fouvent l'erreur conduit à l'évidence.

Le Soleil tourne autour de la

terre , me disoit , il y a quelque temps , un de ces hommes qu'on appelle. Philosophes. Je le croyois, il m'avoit convaincu. Un autre vint , me dit le contraire ; je fis appeller le premier , & m'établis pour juge de leurs différents. Ce que je pus apprendre de leurs disputes, fut qu'il étoit possible que l'un & l'autre planette fissent cette circonvolution , & que l'ancêtre d'un des disputans étoit Alguasil.

Voilà tout ce que m'enseigne le commerce de ces gens , dont la science m'avoit d'abord surpris : l'estime particuliere que l'on fait d'eux , est un de mes étonnemens. Est-il possible qu'un peuple si éclairé fasse tant de cas de personnes qui n'ont d'autre mérite que celui de penser ? Il faut que la raison soit quelque chose de bien rare pour lui.

Un homme pense singuliérement, parle peu , ne rit jamais , raisonne toujours : orgueilleux, mais pauvre , il ne peut se faire remarquer par des habits brillans : il y supplée, & se distingue par de vils lambeaux. C'est

un Philofophe , il a le droit d'être
imprudent.

Un autre , jeune encore, veut
faire de la philofophie une femme
de Cour. Il la cache fous de riches
habits , la farde , la prétintaille : elle
eft enjouée , coquette , les parfums
annoncent fes pas. Les gens accoutumés à juger fur les apparences, ne
la reconnoiffent plus. Le Philofophe
n'eft qu'un fat. Le foupçonner de
penfer, autant vaudroit l'accufer d'ê-
tre conftant.

Zaïs avoit des vapeurs , me difoit
Alonzo : il leur falloit donner un prétexte. La philofophie en parut un
plaufible à Zaïs. Elle n'oublia rien
pour paffer pour Philofophe. Elle fe
le croyoit déja. Le caprice , la myfan-
thropie , l'orgueil la mettoient en pof-
feffion de ce titre. Il ne lui manquoit
plus que de trouver un amant auffi
fingulier qu'elle. Elle a réuffi.

Zaïs & fon amant compofent une
Académie. Leur château eft un obfer-
vatoire. Quoique déja fur l'âge, dans
fes jardins, Zaïs eft Flore ; fur fon
balcon, c'eft Uranie ; de fon amant

disgracieux , autant que singulier ,
elle fait un Céladon. Que manque-
t-il à un spectacle aussi ridicule ? Des
spectateurs.

La philosophie , Kanhuiscap , est
moins ici l'art de penser, que celui de
penser singuliérement. Tout le monde
est philosophe ; le paroître n'est cependant pas, comme tu vois , une chose
facile.

LETTRE XVIII.

DE tout ce qui frappe mes yeux étonnés, Kanhuiſcap, rien ne me ſurprend davantage que la maniere dont les Eſpagnols ſe comportent avec leurs femmes. Le ſoin particulier qu'ils ont de les cacher ſous d'immenſes draperies, me feroit preſque croire qu'ils en ſont plutôt les raviſſeurs que les époux. Quel autre intérêt pourroit les animer, ſi ce n'eſt la crainte que de juſtes poſſeſſeurs ne revendiquent un bien qui leur a été ravi, ou quelle honte trouvent-ils à ſe parer des dons de l'amour.

Ils ignorent, ces barbares, le plaiſir de ſe faire voir auprès de ce qu'on aime, de montrer à l'Univers entier la délicateſſe de ſon choix, ou le prix de ſa conquête, de brûler en public des feux allumés en ſecret, & de voir perpétuer dans mille cœurs des hommages qu'un ſeul ne ſuffit pas pour rendre à la beauté. Zilia ! ô ma

chere

chere Zilia! Dieux cruels, pourquoi me priver encore de sa vue? Mes regards unis aux siens par la tendresse & le plaisir, apprendroient à ces hommes grossiers, qu'il n'est point d'ornement plus précieux que les chaînes de l'amour.

Je crois cependant que la jalousie est le motif qui porte les Espagnols à cacher ainsi leurs femmes, ou plutôt que c'est la perfidie des femmes qui force les maris à cette tyrannie; la foi conjugale est celle que l'on jure le plus aisément. Faut-il s'étonner qu'on la garde si peu? On voit tous les jours ici deux riches héritiers, s'unir sans goût, habiter ensemble sans amour, & se séparer sans regret. Quelque peu malheureux que te paroisse cet état, il est cependant infortuné. Etre aimé de sa femme, n'est point un bonheur, c'est un malheur que d'en être haï.

La virginité prescrite par la Religion, n'est pas mieux gardée que la tendresse conjugale, ou du moins ne l'est-elle qu'extérieurement.

Il y a ici, de même qu'à la Ville

du Soleil, des filles confacrées à la Divinité. Elles voient cependant les hommes familiérement ; une grille feulement les fépare. Je ne faurois cependant deviner le motif de cette féparation ; car fi elles ont affez de force pour garder la vertu au milieu des hommes qu'elles voient conti- nuellement, de quoi fert une grille ? Et fi l'amour entre dans leur cœur , quel foible obftacle à lui oppofer , qu'une féparation excitante qui laiffe agir les yeux & parler le cœur ?

Des efpeces de Cucipatas font affi- dus auprès de ces Vierges qu'on appelle Religieufes ; & fous prétexte de leur infpirer un culte plus pur , ils font naître & excitent chez elles des fentiments d'amour , dont elles font la proie. L'art qui paroît ban- ni de leur cœur , ne l'eft pourtant pas de leurs habits & de leurs geftes. Un pli qu'il faut faire prendre à un voile , un regard humble , une atti- tude qu'il faut faire étudier , voilà affez pour occuper pendant le quart d'une année , le temps , les peines & mé- me les veilles d'une Religieufe. Auffi

les yeux d'une Religieufe en favent-
ils plus que les autres yeux. C'eſt un
tableau où l'on voit peints tous les
fentiments du cœur. La tendreſſe ,
l'innocence, la langueur , le cour-
roux , la douleur , le déſeſpoir , &
le plaiſir , tout y eſt exprimé ; & ſi
le rideau ſe baiſſe un moment ſur la
peinture, ce n'eſt que pour laiſſer le
tems de ſubſtituer un autre tableau
à ce premier. Quelle différence entre le dernier regard d'une Religieu-
ſe & celui qui le ſuit ! tout ce ma-
nége n'eſt cependant que l'ouvrage
d'un ſeul homme. Un Cucipatas à la
direction d'une maiſon de Vierges ;
toutes veulent lui plaire ; elles de-
viennent coquettes , & le Directeur,
tel groſſier qu'il ſoit, eſt forcé à prendre un air de coquetterie. La reconnoiſſance l'y oblige ; & ſur de plaire , il cherche encore de nouveaux
moyens de ſe faire aimer , réuſſit , &
ſe fait pour ainſi dire, adorer. Tu en
jugeras par ce trait. On m'a dit qu'une
de ces Vierges avoit coëffé de la che-
velure d'un Moine l'image du Dieu
des Eſpagnols. On m'a auſſi fait part

d'une lettre écrite par une Religieuse au Pere T... dont voici à peu près le contenu.

» Jefus ! mon Pere, que vous êtes
» injufte ! Dieu m'eft témoin que le
» Pere Ange ne m'occupe pas un feul
» inftant, & que loin d'avoir été en-
» levée par fon Sermon jufques à
» l'extafe (comme vous me le repro-
» chez) je n'étois, pendant ce dif-
» cours, occupée que de vous. Oui,
» mon Pere, un feul mot de votre
» bouche fait plus d'impreffion fur
» mon cœur, fur ce cœur que vous
» connoiffez fi peu, que tout ce
» que le Pere Ange pourroit me di-
» re pendant des années entieres,
» quand même ce feroit dans le pe-
» tit parloir de Madame, & qu'il
» croiroit s'entretenir avec elle......
» Si mes yeux fembloient s'enflam-
» mer, c'eft que j'étois avec vous
» lorfqu'il prêchoit. Que ne pénétrez-
» vous dans mon cœur pour lire
» mieux ce que je vous écris ! Ce-
» pendant vous êtes venu au par-
» loir, & vous ne m'avez pas de-
» mandée ; m'auriez-vous oubliée ?

» Ne vous souviendroit - il plus......
» Vous ne me regardâtes pas une
» seule fois hier pendant le Salut.
» Dieu voudroit-il m'affliger au point
» de me priver des consolations que
» je reçois de vous ? Au nom de
» Dieu , mon Pere , ne m'abandon-
» nez pas dans la langueur où je suis
» plongée. Je suis à faire pitié , tant
» je suis défaite ; & si vous n'avez
» compassion de moi , vous ne recon-
» noîtrez bientôt plus l'infortunée
» Thérefa.

   » Notre Touriere vous remettra
» un gâteau d'amandes de ma façon.
» Je joints à cette lettre un billet
» que la sœur A..... écrit au Pere
» Dom X.... J'ai eu le secret de l'in-
» tercepter. Je crois qu'il vous amu-
» fera. Ah ! que..... L'heure sonne ,
» adieu.

   Après cela, Kanhuiscap , pourras-
tu t'empêcher de convenir que les
Espagnols sont aussi ridicules dans
leurs amours , qu'insensés dans leurs
cruautés. La maison d'Alonzo est ,
je crois , la seule où régnent la
droiture & la saine raison. Je ne

fais cependant que penfer des regards de Zulmires ; trop tendres
pour n'être que l'effet de l'art, ils
font trop étudiés pour être conduits
par le cœur.

LETTRE XIX.

PENSER eſt un métier : ſe connoître eſt un talent. Il n'eſt pas donné à tous les hommes, Kanhuiſcap, de lire dans leurs propres cœurs. Des eſpeces de Philoſophes on ſeuls ici ce droit, ou plutôt celui d'embrouiller ces connoiſſances. Loin de s'attacher à corriger les paſſions, ils ſe contentent de ſavoir qui les produit : cette ſcience, qui devroit faire rougir les vicieux, ne ſert qu'à leur faire voir qu'ils ont un mérite de plus, le talent infructueux de connoître leurs défauts.

Les Métaphyſiciens, c'eſt le nom de ces Philoſophes, diſtinguent dans l'homme trois parties, l'ame, l'eſprit & le cœur ; & toute leur ſcience ne tend qu'à ſavoir laquelle de ces trois parties produit telle ou telle action. Cette découverte une fois faite, leur orgueil devient inconcevable. La vertu n'eſt, pour ainſi dire, plus faite pour eux ; il leur suffit de savoir qui la produit. Semblables à ses gens qui se dégoûtent d'une liqueur excellente, à l'instant qu'ils apprennent qu'elle vient d'un Pays peu renommé.

C'est par le même principe , qu'enivré d'un savoir qu'il croit rare , un Métaphysicien ne laisse point échapper l'occasion de faire voir sa science. S'il écrit à sa Maitresse , sa lettre n'est autre chose que l'analyse exacte des moindres facultés de son ame.

La Maitresse se croit obligée de répondre sur le même ton , ils s'embrouillent tous les deux dans des distinctions chimériques & des expressions que l'usage consacre , mais qu'il ne rend point intelligibles.

Les réflexions que tu fais sur les mœurs des Espagnols, te conduiront bientôt à celles que je viens de faire.

Que mon cœur n'est-il libre , généreux ami ! je te peindrois avec plus de force des pensées qui n'ont point d'autre ordre que celui que je peux leur donnner dans l'agitation où je suis.
Le tems approche où mes malheurs

vont finir ; Zilia enfin va paroître à mes yeux impatiens. L'idée de ce plaisir trouble ma raison. Je vole sur ses pas, je la vois partager mon impatience, mes plaisirs ; de tendres larmes coulent de nos yeux ; réunis après nos malheurs, quel trait douloureux a passé dans mon ame , Kanhuiscap ! dans quel état affreux va-t-elle me trouver ? Ville esclave d'un barbare , dont elle porte peut-être les fers à la Cour d'un vainqueur orgueilleux, reconnoîtra-t-elle son amant ? Peut - elle croire qu'il respire encore ? Elle est dans l'esclavage. Croira-t-elle que des obstacles assez forts ont pu, Kanhuiscap......... Que dois-je attendre ? Quel sort m'est réservé ? Quand j'étois digne d'elle , Dieu cruel , tu l'arrachas de mes bras, ne me feras-tu retrouver en elle qu'un témoin de plus de mon ignominie ? Et toi qui me rends l'objet de mon amour, élément barbare, me rendras-tu ma gloire ?

LETTRE XX.

QUEL Dieu cruel m'arrache à la nuit du tombeau ; quelle pitié perfide me fait revoir le jour que je déteste ! Kanhuiscap, mes malheurs renaissent avec mes jours , & mes forces augmentent avec l'excès de ma tristesse........ Zilia n'est plus........ O désespoir affreux ! O cruel...! Zilia n'est plus..... & je respire encore , & mes mains, que ma douleur devroit enchaîner , peuvent encore former ces nœuds que le trouble conduit , les larmes arrosent & le désespoir t'envoie.

En vain le Soleil a parcouru le tiers de sa course depuis que tu as déchiré mon cœur avec le trait le plus funeste. En vain l'abattement , l'inexistance ont captivé mon ame jusqu'à ce jour. Ma douleur , inutilement retenue , n'en devient que plus vive. J'ai perdu Zilia. Une espace immense de tems semble nous séparer ,

& je la perds encore en ce moment. Le coup affreux qui me l'a ravie, l'élément perfide qui l'a renferme, tout se présente à ma douleur. Sur des flots odieux je vois élever Zilia ; le Soleil s'obscurcit d'horreur dans des abymes profonds ; la mer qui s'ouvre, cache son crime à ce Dieu ; mais elle ne peut me le dérober. A travers les eaux, je vois le corps de Zilia, ses yeux......... son sein..... une pâleur livide. Ami !...... mort inexorable ! ...... mort qui me fuit.......Dieux, plus cruels dans vos bontés, que dans vos rigueurs ! Dieux ! qui me laissez la vie, ne réunirez-vous jamais ceux que vous ne pouvez séparer ?

En vain Kanhuiscap, j'appelle la mort ; on l'éloigne de moi, la barbare est sourde à ma voix, & garde ses traits pour ceux qui les évitent.

Zilia, ma chere Zilia, entends mes cris, vois couler mes pleurs ! Tu n'es plus, je ne vis que pour en répandre ; que ne puis-je me noyer dans le torrent qu'elles vont former.........! Que ne puis-je......... !

Quoi ! tu n'es plus , ame de mon
ame ! ...... Tu...... Mes mains me re-
fufent leur fecours......... Ma douleur
m'accable....... L'affreux défefpoir......
des larmes....... l'amour....... un froid
inconnu...... Zilia..... Kanhuifcap .....
Zilia.....

LETTRE XXI.

QUEL va être ton étonnement ,
Kanhuifcap , lorfque ces nœuds
que ma main peut à peine former , t'apprendront que je refpire encore ! Ma douleur , mon défefpoir ,
le temps que j'ai paffé fans t'inftruire
de mon fort , tout a dû t'en confir-
mer la fin. Termine des regrets dus
à l'amitié, à l'eftime , au malheur ;
mais que le jour dont je jouis encore ,
ne te faffe pas déplorer ma foibleffe ;
vainement la perte de Zilia devroit
être celle de ma vie ; les Dieux qui
fembloient devoir excufer le crime qui
m'eût donné la mort , m'ont ôté la force de le commettre.

Abattu par-la douleur , à peine ai-
je fenti les approches d'une mort qui
alloit enfin terminer mes malheurs.
Une maladie dangereufe accabloit
mon corps , & m'eût conduit au tombeau , fi le funefte fecours d'Alonzo
n'eût reculé le terme de mes jours.

Je refpire, mais ce n'eſt que pour être la proie des tourments les plus cruels. Tout m'importune dans l'état affreux où je fuis. L'amitié d'Alon-zo , la douleur de Zulmire , leurs attentions , leurs larmes , tout m'eſt à charge. Seul avec moi-même , au milieu des hommes qui m'environ-nent , je ne les apperçois que pour les fuir. Puiffe, Kanhuifcap, un ami moins malheureux te récompenfer de ta vertu ! Amant trop infortuné pour être ami fenfible , puis-je goûter les douceurs de l'amitié , quand l'amour me livre aux plus cruelles douleurs?

LETTRE XXII.

ENFIN l'amitié me rend à toi, à moi-même, Kanhuiscap ; trop touché de mes maux, Alonzo a voulu les diffiper ou du moins partager avec moi ma tristeffe. Dans ce deffein il ma conduit dans une maifon de campagne à quelques lieues de Madrid. C'eft-là que j'ai goûté le plaifir de ne rencontrer rien qui ne répondit à l'abattement de mon cœur. Un bois voifin du Palais d'Alonzo, a été long-temps le dépofitaire de mes trifteffes fecretes. Là, je ne voyois que des objets propres à nourrir ma douleur. Des rochers affreux, de hautes montagnes depouillées de verdure, des ruiffeaux épais qui couloient fur la bourbe : des pins noircis, dont les triftes rameaux fembloient toucher les Cieux, des gazons arides, des fleurs defféchées, des corbeaux & des ferpens, y étoient les feuls témoins de mes pleurs.

Alonzo fut bientôt m'arracher, malgré moi, de ces triftes lieux. Ce fut alors que je vis combien les maux font foulagés quand on les partage, & combien je devois aux tendres foins de Zulmire & d'Alonzo. Où prendrai-je des couleurs affez vives pour te peindre, Kanhuifcap, la douleur que leur caufe mes malheurs? Zulmire, la tendre Zulmire les honore de fes larmes! Peu s'en faut que fa trifteffe n'égale la mienne. Pâle, abattue, fes yeux s'uniffent aux miens pour verfer des pleurs, tandis qu'Alonzo déplore mon infortune.

LETTRE XXIII.

ZULMIRE , dont les soins étoient tous pour le malheureux Aza , Zulmire qui partageoit mes maux , qui trembloit pour mes jours, va finir les siens : chaque instant augmente ses dangers, & diminue sa vie.

Cédant enfin à la tendresse , aux prieres de son pere , gémissant à ses pieds, sans espoir de la secourir, & plus encore peut-être aux mouvements de son cœur , Zulmire a parlé. C'est moi, c'est Aza , que l'infortune ne peut abandonner, qui porte la mort dans son sein. C'est ce malheureux dont le cœur déchiré ne respire que par le désespoir, & dont l'amour à changé tout le sang en un poison cruel.

Je ravis Zulmire à son pere , à mon ami; elle m'aime, elle meurt ; Alonzo va la suivre , Zilia ne vit plus.

J'ai senti tes douleurs , viens par-

II. Partie. H

tager mes peines , (m'a dit ce pere défolé , viens me rendre , & ma vie & ma fille , malheureux , dont je plains l'infortune dans l'inftant même où je viens te prier de foulager la mienne. Sois fenfible à l'amitié , tu le peux. La plus belle des vertus ne fauroit nuire à ton amour. Viens , fuis-moi. A ces maux qui terminerent fes fanglots précipités , il me conduit dans l'appartement de fa fille. Attendri, accablé, j'entre en frémiffant. La pâleur de la mort étoit répandue fur fes traits ; mais fes yeux éteints fe raniment à ma vue : il femble que ma préfence redonne la vie à cette infortunée.

Je meurs, (me dit-elle d'une voix entrecoupée , je ne te verrai plus. Voilà tous mes regrets. Du moins , Aza, avant ma mort, je puis te dire que je t'aime. Je puis... oui , fouviens - toi que Zulmire emporte au tombeau l'amour qu'elle n'a pu te cacher , fes regards que fon cœur ont décélés tant de fois : ton indifférence enfin....... je ne t'en fais point de reproche , ta fenfibilité

m'auroit prouvé ton inconſtance.
Tout entier à une autre, la mort n'a
pu t'en ſéparer, elle ne m'ôtera jamais l'amour que j'ai pour toi. Je
la préfere à la guériſon d'un mal
que je cheris; d'un mal… Aza……
Elle me tend une de ſes mains ;
mais ſes forces l'abandonnent, elle
tombe, ſes yeux ſe ferment; mais
tandis que je me reproche ſa mort,
que je joins mes ſoins à ceux de ſon
pere déſeſpéré, d'autres ſecours la
rappellent à la vie. Ses yeux ſont
rouverts, & quoiqu'éteints encore ,
s'attachent ſur moi , & me peignent
l'amour le plus tendre. Aza ! Aza !
me dit-elle encore , ne me haïſſez
point. Je me jette à ſes genoux ,
touché de ſon ſort. Une joie ſu-
bite éclate dans ſes regards ; mais
ne pouvant ſoutenir tous les mouvements que ſon ame éprouve, elle re-
tombe, l'on m'entraîne pour lui ſau-
ver des agitations dangereuſes.

Que peux-tu penſer, Kanhuiſcap,
des nouveaux malheurs dont je ſuis
la proie ? de la peine cruelle que je
répands ſur ceux à qui je dois tout ?

Cette nouvelle douleur vient se join-
dre à celles qui m'accompagnent dans
les tristes déserts , où l'amour , la
mort & le désespoir me suivent sans
cesse.

LETTRE XXIV.

AMI, le fort d'Alonzo eſt changé. La douleur qui m'accabloit a fait place à la joie. Zulmire prête à deſcendre au tombeau, eſt rappellée à la vie. Ce n'eſt plus cette Zulmire que la langueur réduiſoit au trépas ; ſes yeux ranimés font briller ſes graces & ſa beauté, dont ſa jeuneſſe eſt parée.

Tandis que j'admire ſes charmes renaiſſans, le croiras-tu ? Loin de me parler de ſon amour, il ſemble au contraire qu'elle ſoit confuſe de l'aveu qui lui eſt échappé. Ses yeux ſe baiſſent toutes les fois qu'ils rencontrent les miens. Mes peines font ſuſpendues ; mais, hélas ! que ce calme eſt court ! Zilia ! ma chere Zilia, puis-je me fouſtraire à ma douleur ? pardonne moi les inſtans que je lui ai dérobés. Je lui conſacre déſormais tous ceux que me laiſſe mon infortune.

Ne crois pas, Kanhuiſcap, que les craintes qu'Alonzo me témoigne pour Zulmire, puiſſent ébranler ma conſ-

tance. En vain il me repréſente l'empire d'Aza ſur le cœur de ſa fille, la
joie que lui cauſeroit notre union,
la mort qui ſuivra notre ſéparation;
je me tais devant ce pere malheureux. Mon cœur, fidele à ma tendreſſe, eſt ferme, inébranlable pour Zilia.
Non, c'eſt en vain qu'Alonzo prêt à
partir pour cette terre infortunée qui
ne verra plus Zilia, m'offre le pouvoir
que ſon injuſte Roi lui donne ſur
mes peuples. C'eſt reconnoître un
tyran, que de ſe ſervir de ſa puiſſance.
Les chaines peuvent accabler mon
bras, mais elles ne captiveront jamais
mon cœur. Jamais je n'aurai pour
le chef barbare des Eſpagnols, que
la haine que je dois au maître d'un
peuple qui cauſa mes malheurs &
ceux de ma triſte Patrie.

LETTRE XXV.

MEs yeux font ouverts, Kanhuif-cap, les feux de l'amour cédent, fans s'éteindre , au flambeau de la raifon.

O flammes immortelles , qui brûlez dans mon fein amoureux! Zilia, toi dont rien ne peut me ravir l'image qu'un deftin fatal m'arrache pour jamais , ne vous offenfez point, fi le defir de vous venger m'exite à vous trahir!

Ne me dis plus, Kanhuifcap, ce que je dois à mes peuples , à mon pere : ne me parle plus de la tyrannie des Efpagnols. Puis-je oublier mes malheurs & leurs crimes ? Ils m'ont couté trop cher. Ce fouvenir cruel irrite ma fureur. C'en eft fait , j'y confens , je vais m'unir à Zulmire. Alonzo, je te l'ai promis. Eft-ce donc un crime de laiffer à Zulmire une erreur qui lui eft chere ? Elle croit triompher de mon cœur. Ah! loin de la défabufer , qu'elle jouiffe de fon bonheur imaginaire , qu'elle.... Ce n'eft que par ce moyen que je puis venger , & mes peuples opprimés, & moi-même. Dès l'inftant de notre union je ferai conduit à la terre du Soleil , à cette terre défolée , dont tu me traces les malheurs. C'eft-là que je ferai éclater la vengeance dont je dérobe encore les violents tranf-ports. C'eft fur une Nation perfide que vont tomber ma fureur & mes coups. Réduit à la baffeffe d'un vil ef-clave, à feindre enfin pour la premie-re fois, j'irai punir les Efpagnol de ma trahifon & de mes forfaits, tandis que la famille d'Alonzo éprouvera tout ce que peut un cœur reconnoiffant, & les hommages que l'on doit rendre à la vertu.

LETTRE XXVI.

SI tu étois un de ces hommes que le seul préjugé conduit, je me peindrois ta surprise, lorsque tu apprendras d'un Incas qu'il n'adore plus le Soleil. Je te verrois déja te plaindre à cet astre de la lumiere qu'il me laisse, & à toi-même des soins dont tu accompagnes tes sentiments. Tu t'étonnerois que, parjure à mon Dieu, l'amitié, cette vertu que le crime ignore, puisse demeurer dans mon sein. Mais rassuré contre des préjugé que l'on t'avoit fait prendre pour des vertus, tu ne gardes d'un Péruvien que l'amour de la Patrie, de la vertu & de la franchise. J'attends de toi des reproches plus justes. Tu t'étonnes peut-être avec raison, de me voir abandonner un culte qui m'a paru grossier, pour une Religion dont je t'ai fait voir les contradictions. Je me suis fait cette objection à moi-même ; mais quelle a

été bientôt levée , quand j'ai appris
que c'étoit ce Dieu , qui étoit l'au-
teur de notre vie , qui avoit dicté
cette loi, dont j'avois eu l'audace de
blâmer la conduite. Qu'importe , en
effet , qu'un honneur soit ridicule ,
s'il est exigé par celui à qui l'on le
rend ? C'est par ce principe que je
n'ai point rougi de me conformer à
des usages que j'avois condamnés. Que
les ouvrages des Dieux sont respec-
tables ! qu'ils sont grands ! Si tu pouvois lire , Kanhuilcap , les livres divins qui m'ont été confiés , quelle
sagesse , quelle majesté , quelle pro-
fondeur n'y trouverois-tu point ! Tu
y reconnoîtrois aisément l'ouvrage
de la Divinité. Ces contradictions in-
vincibles que je trouvois d'abord dans
la conduite de ce Dieu, y sont évi-
demment justifiées. Il n'en est pas de
même de la conduite des hommes
envers leur Dieu.

Ne crois pas qu'aussi crédule que
nous le sommes d'ordinaire, je tienne
ce que je t'écris du seul raport d'un
Prétre. J'ai toujours trop reconnu le
mensonge de nos Cucipatas pour ajou-

ter foi aux fables de leurs semblables.

Le haut rang qu'ils tiennent chez toutes les Nations, les engagent à les tromper, & leur grandeur n'est souvent fondée que sur l'erreur des peuples embitieux; il leur en coûteroit trop, s'il falloit que la vertu leur donnât l'empire du monde ; ils aiment mieux le devoir à l'imposture.

LETTRE XXVII.

C'EN est fait, Kanhuiſcap, Zulmire m'attend. Je marche à l'Autel. déja tu m'y vois ; mais vois-tu les remorts qui m'y accompagnent ? Vois-tu les Autels tremblants à la vue du parjure, l'ombre de Zilia ſanglante, indignée, éclairant cet hymnée d'un lugubre flambeau ? entends-tu ſa voix lamentable ? « Eſt-ce là dit-elle, » cette foi que tu m'avois jurée, per- » fide, cet amour qui doit encore ani- » mer nos cendres ? Tu m'aimes, dis- » tu, tu ne donne que ta main à Zul- » mire. Tu m'aimes, perfide, & tu » donne à un autre un bien dont je n'ai » pu jouir. Si je vivois encore … » Quelles furies, Kanhuiſcap, ne déchirent point mon ſein ! Je vois Zulmire abuſée, me demander un cœur ſur qui elle a des droits légitimes. Mon pere & mes peuples accablés ſous un joug cruel, regrettent en moi leur libérateur. Je vois ma promeſſe enfin … Je cours y ſatisfaire.

LETTRES XXVIII.

ZILIA respire. Quel meſſager aſſez prompt pourra porter juſ-
qu'à toi l'excès de ma joie ? Kanhuiſcap, toi qui reſſentis mes malheurs,
jouis des tranſports de mon ame. Que
les flammes qui l'embraſent volent &
portent dans ton ſein l'excès de ma
félicité.

La mer, nos ennemis, la mort ....
non, rien ne m'a ravi l'objet de mon
amour. Elle vit, elle m'aime, juge
de mes tranſports.

Conduite dans un état voiſin en
France, Zilia n'a éprouvé d'autre malheur que celui de notre ſéparation,
& de l'incertitude de mon ſort. Combien les Dieux protegent la vertu ! Un
généreux François l'a délivrée de la
barbarie des Eſpagnols.

Tout étoit prêt pour m'unir à Zulmire. J'allois, ô Dieu ! ... quand
j'appris que Zilia vivoit, qu'elle alloit
me rejoindre. Nul obſtacle ne peut
la retenir ; je la verrai. Sa bouche

me répétera les tendres sentimens que sa main a tracés; je pourrai à ses pieds . . . . . Ciel! je tremble d'un projet qui cause toute ma joie. Mon bonheur m'aveugle. Zilia viendroit au milieu de ses ennemis ! De nouveaux dangers .... ! Elle ne partira point. Je vais la prévenir. Qui pourroit m'arrêter ? Alonzo, Zulmire, les Dieux ont dégagé ma foi. Zilia respire. Je la reçois des mains de la vertu. En vain la reconnoissance, l'estime, l'amitié la portoient à répondre aux sentimens de Déterville son libérateur ; elle leur opposoit notre amour, & le forçoit à respecter nos feux. Combat glorieux ! effort que j'admire ! Déterville étouffe son amour, il oublie les droits qu'il a sur elle ; apprends sa générosité, il nous réunit.

Zilia, Zilia... je vais jouir de mon bonheur. Je vole te prevenir, te voir, & mourir de plaisir à tes pieds.

LETTRE XXIX.

N'ACCUSE, ami, que Zilia de mon silence. Je l'ai vue, je n'ai vu qu'elle : n'atends pas que je t'exprime les transports, les raviſſements où me livra le premier moment qui l'offrit à ma vue ; il faudroit pour les ſentir, aimer Zilia comme je l'aime. Falloit-il que des tourments inconnus vinſſent troubler une félicité ſi pure ?

Du ſein des plaiſirs au comble des douleurs il n'y a donc point d'intervalle. Après tant de voluptés, mille traits déchirent mon cœur. Ma tendreſſe m'eſt odieuſe, & quand je veux ne point aimer, je ſens toute la fureur de l'amour.

J'ai pu ſoutenir la douleur de la perte de Zilia, je n'ai pu ſupporter celle que j'enviſage. Elle ne m'aimeroit plus . . . . . O penſée accablante ! Lorſque je parus à ſes yeux, l'amour verſa dans mon ame, d'une

main les plaifirs, de l'autre la douleur.

Dans les premiers tranfports d'un
bonheur dont je ne puis t'exprimer
même la douceur du fouvenir, Zilia s'eft échapée de mes bras pour
lire une lettre qu'une jeune perfon-
ne qui m'avoit conduit, lui avoit
donnée. Inquiete, troublée, atten-
drie, les larmes qu'elle venoit de
donner à la joie, ne couloient déja
plus que pour la douleur. Elle en
inondoit cette lettre fatale. Ses larmes me faifoient craindre pour elle
des malheurs; l'ingratte goûtoit des
plaifirs ; la douleur que je parta-
geois étoit le triomphe de mon rival. Déterville, ce libérateur, dont
les lettres de Zilia m'ont répété tant
de fois les éloges, avoit écrit celle-
ci. La paffion la plus vive l'avoit
dictée ; en s'éloignant d'elle, après
lui avoir rendu fon rival, il met-
toit le comble à fa générofité &
à la douleur de Zilia. Elle fut me
l'expliquer avec une vivacité , & des
expreffions au-deffus de la reconnoiffance. Elle me força d'admirer

des vertus qui, dans cet inſtant cruel, me donnoient la mort. D'un froid inébranlable ma douleur alors emprunta le ſecours. Je me dérobai bientôt à Zilia. Rempli de mon déſeſpoir, rien ne peut plus m'en délivrer. Chaque réflexion que je fais eſt une douleur. Elle m'arrache mon eſpérance, mon bonheur. Je perdrois le cœur de Zilia, ce cœur .... idée que je ne puis ſoutenir, mon rival ſeroit heureux. Ah! c'eſt trop que de ſentir qu'il mérite de l'être.

Jalouſie affreuſe, tes ſerpents cruels ſe ſont gliſſés dans mon cœur. Mille craintes de noirs ſoupçons.... Zilia, ſes vertus, ſa tendreſſe, ſa beauté, mon injuſtice peut-être, tout m'agite, me tourmente, me perd. Ma douleur ſe cache en vain ſous une tranquillité apparente. Je veux parler, me plaindre, éclater en reproches, & je me tais. Que dire à Zilia? Puis-je lui reprocher l'amour qu'elle inſpire à Déterville que la vertu conduit? Elle ne partage pas ſa tendreſſe.

Mais pourquoi lui prodiguer des louanges, répéter fans ceffe fon éloge..... Amour.... fource de mes plaifirs, devois-tu l'être de mes maux ?

LETTRE XXX.

OU suis-je, Kanhuiscap ? quels tourments traînai-je après-moi ? Mon ame est embrasée de la plus cruelle fureur. Zilia, la perfide Zilia, pâle inquiete, soupire de l'absence de mon rival ; Déterville en fuyant remporte la victoire. Ciel ! sur qui tombera ma rage ? il est aimé, Kanhuiscap, tout me l'apprend. [La barbare ne cherche point à me cacher son infidélité. Restes encore précieux de l'innocence, lorsqu'elle connoît le crime, elle déteste l'imposture. Je lis son parjure dans ses yeux. Sa bouche même ose l'avouer, en répétant sans cesse ce nom que j'abhorre. Où fuir ? je souffre près de Zilia des tourments affreux, & loin d'elle je meurs.

Quand séduit par la douceur de ses regards, elle répand pour un istant quelque tranquillité dans mon ame, je crois en être aimé. Ce plaisir me plonge dans un ravissement qui m'interdit. Je reviens. Je veux parler. Je commence, m'interromps, me tais. Les sentiments qui se succedent tour à tour dans mon cœur, me troublent, m'égarent. Je ne puis m'exprimer ; un souvenir funeste, Déterville, un soupir de Zilia, raniment des transports que je veux calmer envain. Les ombres même de la nuit ne peuvent me dérober à leur violence. Si je me livre un moment au sommeil, Zilia infidelle vient m'en arracher. Je vois Déterville à ses pieds, elle l'écoute avec plaisir. L'affreux sommeil fuit loin de moi. La lumiere m'offre des douleurs nouvelles. Toujours livré à la fureur de la jalousie, ses feux ont déséché jusqu'à mes larmes. Zilia, Zilia, quels maux naissent de tant d'amour ! Je t'adore, je t'offense. Dieu! je te perds.

LETTRE XXXI.

ZILIA ! Amour, Déterville, fu neſte jalouſie ! Quel égarement ! Un nuage me dérobe les noms que je trace, Kauhuiſcap ; je ne me connois plus ; dans la fureur de la plus noire jalouſie, je me ſuis armé des traits dont j'ai frappé le cœur de Zilia. Elle écrivoit à Déterville ; ſa lettre étoit encore dans ſes mains. Un moment funeſte a troublé ma raiſon. J'ai formé le plus indigne projet ...... Ma parole, la Religion que j'ai embraſſée, tout m'a ſervi. Les prétextes les plus vains m'ont paru des loix d'équité pour abandonner Zilia. J'en ai prononcé l'arrêt avec barbarie. Des adieux cruels ..... Quel moment ? ... Ai-je pu ? Oui, Kanhuiſcap, j'ai fui Zilia. Zilia à mes pieds, ſes ſanglots, les miens prêts à s'y confondre, Déterville, quel ſouvenir ! Furieux j'ai fui de ſes bras. Mais bientôt vai-

nement obstiné, je veux la revoir.
Tout s'y oppose, je n'ose résister.
Dieu ! qu'ai-je fait ? que la honte
est accablante ! que le repentir est
affreux !

LETTRE XXXII.

CESSE de t'étonner de la longueur de mon silence. L'état cruel de mon cœur m'a-t-il permis de t'instruire plutôt de mon sort ? Ne crois pas que, déchiré de remords, je me reproche encore de trop justes soupçons. C'est Zilia, c'est son perfide cœur, & non pas le mien, qu'ils doivent dévorer. Oui, Kanhuiscap, ses soupirs, ses pleurs & ses cris n'étoient que l'effet de la honte, traces que la vertu qui ffuit laisse encore dans les cœurs. C'est pour les effacer que la cruelle a refusé de me revoir. Son obstination m'a forcé de m'éloigner. Retiré à l'extrémité de la même Ville, ignoré des hommes, tout entier à ma douleur & à mon infortune, je m'efforce d'oublier l'ingrate que j'adore. Soins inutiles! L'amour malgré nous se glisse dans nos cœurs, & malgré nous le cruel y demeure. En vain je veux le chasser. La jalousie l'y nourrit. Si je veux en bannir la jalousie, l'amour l'y retient. Jouet déplorable de ces deux passions, mon ame est partagée entre la tendresse & la fureur. Tantôt je me reproche mes soupçons, & tantôt mon amour. Puis-je adorer une ingrate ? Puis-je oublier celle que j'adore ? Mais quelque amour que j'aie pour elle, rien ne peut l'excuser. Que ne m'a-t-elle haï ! On pardonne la haine, & non pas la perfidie.

Les soins & l'amitié d'Alonzo ont su découvrir la retraite où la douleurs & tous les maux destructeurs de notre être me retiennent. Zulmire m'accable de reproches, elles vient de m'écrire. Je suis à ses yeux un ingrat que ma parole, que ses larmes ne peuvent rappeller. Je ne l'ai enlevée des bras de la mort, que pour la livrer à des tourments plus cruels. Elle veut, dit-elle, venir en France signaler sa fureur & mon parjure, venger son pere & son amour. Chaque mot de sa lettre est un trait qui me perce le cœur. Je sens trop la force du désespoir pour n'en pas craindre les effets. Zilia est l'objet infortuné

tuné de sa rage. C'est teinte de son sang qu'elle veut paroître à mes yeux. Dieux! vengeurs des forfaits, est-ce donc au crime que vous laissez le soin de la punir.

Arrête, Zulmire, épuise sur moi tous tes coups. Laisse jouir l'ingrate d'une vie dont les remords feront les châtiments. C'est ainsi que tu peux signaler ta vengeance & la mienne. Mais, ô Dieu, dans les bras d'un rival..... Je frémis, malheureux que je suis! je tremble pour elle, quand l'ingrate me trahit. Retenu par les maux dont je suis accablé, mon corps succombe à sa foiblesse, tandis que la perfide, triomphant même de ses remords, rappelle mon rival.... Infortuné! Je suis.... Je vis encore! Quel malheur d'exister à qui ne respire que par la douleur!

LETTRE XXXIII.

QU'A I-JE dit ? Quelle horreur m'environne! Apprends ma honte , Kanhuiscap , & , s'il se peut, mes remords avant mon crime. Odieux à moi-même , je vais le devenir à tes yeux. Cesse de plaindre mes malheurs. Mets-y le comble par ta haine.

Zilia n'est point coupable. Ce souvenir même est pour elle un outrage : tu connois mes soupçons ; leur injustice t'aprend mes malheurs. Ils ne s'épuisent jamais, il en est toujours d'imprévus. Après la perfidie de Zilia , aurois - tu pensé que le Ciel eût pu me livrer à de nouveaux tourments ? Aurois - tu cru que ce qui devoit faire mon bonheur , son innocence , fut la source la plus amere de mes maux ?

A quel égarement m'étois - je donc livré ? Quelles ténebres obscurcissoient ma raison ? Zilia auroit pu me trahir ! j'ai pu le penser ! Elle ne veut plus me voir : mon souvenir lui eſt odieux : elle m'a trop aimé pour ne me pas haïr. Abandonné à mon malheur affreux, l'amitié, la confiance, rien n'adoucit mes tourments. J'empoiſonne ton cœur de leur amertume, & le mien n'eſt point ſoulagé.

En vain Zulmire, revenue de ſa fureur, m'apprend qu'elle la ſacrifie à mon repos & à ma félicité. Retirée dans une maiſon de Vierges, elle conſacre à ſon Dieu, à mon bonheur, ſa vie & ſes plus beaux jours.

Zulmire, généreuſe Zulmire, renonce à ta vengeance, Ah ! ſi ton cœur étoit barbare, qu'il ſeroit ſatisfait de mes cruelles infortunes !

Ce n'eſt donc qu'à moi, qu'à la baſſeſſe de mes ſentiments, que je dois les maux que j'endure. Il ne manquoit à mes malheurs que d'en être moi-même la cauſe ; je le ſuis. Zilia m'aimoit, je la voyois, mon bonheur étoit certain. Sa tendreſſe, ſes ſentiments, ma félicité devoient-ils être ſacrifiés à de lâches ſoupçons ? O déſeſpoir affreux ! j'ai fui Zilia. C'eſt moi....... généreux ami , conçois - tu l'état où je fuis ? Le conçois-je moi-méme ? Les regtets, l'amour, le dé-fefpoir, pour le dévorer, fe difpu-tent dans mon cœur.

LETTRE XXXIV.

A ZILIA.

LA crainte de te déplaire retient encore sous mes mains tremblante les nœuds que je forme. Ces nœuds qui firent ta consolation, tes plaisirs, Zilia, ne sont plus tissus que par la douleur & le désespoir.

Ne crois pas qu'à tes yeux je veuille dérober mon crime. Déchiré du repentir de t'avoir crue infidelle, comment oserois-je m'en justifier ? Mais n'en suis-je point assez puni ! Quels remords ! ...... Les remords d'un amant qui t'adore. Ah ! tu veux me haïr. N'ai-je pas plus mérité tes mépris que ta haine ?

Retrace-toi un moment toutes mes infortunes. De barbares ennemis t'arracherent à mon amour à l'instant qu'il alloit être couronné. Armé pour ta défense, je succombai sous leurs indignes fers. Conduit dans

leur patrie, les mers qui m'y por-
terent, soutinrent, il est vrai, un tems
toutes mes espérances. Mon cœur flot-
toit avec toi. Je n'ai vécu que par l'espoir qu'elles entretenoient. Tes ravis-
seurs engloutis me plongerent dans
l'erreur la plus cruelle. Le néant, où
je t'ai crue, n'a point détruit ma tendresse. La douleur augmente l'amour.
Je mourois pour te suivre. Je n'ai vécu que pour te venger. J'ai tout tenté,
j'allois immoler jusqu'à mes serments,
m'unir enfin, malgré mille remords,
à une Espagnole, acheter à ce prix ma
liberté & ma vengeance, quand
tout à coup, ô bonheur inespéré!
j'apprends que tu respires, que tu m'aimes. O souvenir trop doux! je vole à toi, au bonheur le plus pur,
le plus vif...... Vain espoir, cruels
revers! A peine eus-je senti les premiers transports que m'inspiroit ta
vue, qu'un fatal poison, dont ton
cœur trop pur ignore les atteintes,
la jalousie se glissa dans mon ame.
Ses plus cruels serpents ont dévoré
mon cœur, ce cœur qui n'étoit fait
que pour t'aimer

La plus belle des vertus, la reconnoiffance, a été l'objet de mes foupçons. Ce que tu devois à Déterville, j'ai cru qu'il l'avoit obtenu, que ta vertu avoit pu fe confondre avec ton devoir. J'ai cru.... Ce font ces funeftes idées qui troublérent nos premiers plaifirs. Tu n'as pu dans le fein de l'amour oublier l'amitié. J'y oubliai la vertu. Les éloges de Déterville, fa lettre, les fentiments qu'elle exprimoit, les troubles qu'elle te caufoit, la douleur que tu témoignois de la perte de ton libérateur, j'attribuai tout au fentiment que j'éprouvois, que j'éprouve encore, à l'amour.

Je cachai dans mon fein les feux qui le confumoient. Quels furent leurs progrès! Des foupçons je paffai bientôt à la certitude de la perfidie. Je fongeai, à t'en punir. Les reproches m'entraînoient trop pour les employer, je ne t'en trouvois pas digne. Je ne diffimule point mes crimes, la vérité m'eft auffi chere que mon amour.

J'ai voulu retourner en Efpagne,

remplir une promesse dont mes premiers sermens m'avoient dégagé; ce
repentir suivit bientôt l'emportement
qui t'avoit annoncé mon forfait. Je ten-
tois vainement de te désabuser d'une
résolution que l'amour avoit détruite
aussi-tôt que formée. Ton obstination
à ne me point voir, ralluma ma fureur. Livré de nouveau à la jalousie,
je me suis éloigné de toi ; mais loin
d'aller à Madrid consommer un crime que mon cœur détestoit, ainsi
qu'on a voulu te le persuader pour
m'effacer du tien, accablé sous le
faix de mes malheurs, j'ai cherché
dans la solitude, dans l'éloignement
des hommes, une paix que la seule
tranquillité du cœur peut donner.
Abattu par mes douleurs, mon corps
a succombé sous le poids de mes
maux. Long-temps éloigné de toi,
malgré moi-même, te l'avouerai-je,
Zilia, je n'ai conservé de force que
pour t'outrager. Je te voyois, satis-
faite de ma fuite, rappeller mon rival.
Je te voyois...... Hélas ! tu connois
mon offense ; mais tu n'en connois
pas le châtiment : il surpasse mon crime

me. Ah! Zilia, fi l'excès de l'amour pouvoit l'effacer, non, je ne ferois plus coupable. Ne crois pas que je cherche à émouvoir pour moi ta pitié, c'eft trop peu pour ma tendreffe. Rends-moi ton cœur, Zilia, ou ne m'accorde rien.

Ecoute l'amour qui doit parler encore dans ton cœur, laiffe-moi près de toi rallumer des feux que ta jufte colere s'efforce d'étouffer. Des cendres de l'amour que tu fentis pour Aza, je faurai recouvrer quelque étincelle.

Zilia, Zilia, ordonne de mon fort! je t'ai fait l'aveu de mon crime. Si ton pardon ne l'efface, il doit être puni. Ma mort en fera le châtiment. Trop heureux, cruelle, fi je pouvois du moins expirer à tes pieds!

LETTRE XXXV.

& derniere.

A KANHUISCAP.

EN frappant tes fens de furprife, que ne puis-je faire paffer dans ton cœur la joie que je fens éclater dans le mien ! O bonheur ! ô tranf-ports Kanhuifcap, Zilia me rend fon cœur. Elle m'aime. Egaré dans les raviffements de ma tendreffe, je ré-pands à fes pieds les plus douces lar-mes. Ses foupirs, fes regards, fes tranfports, font les feuls interpretes de notre amour & de notre félicité.

Peins-toi, fi tu le peux, nos plai-firs ; cet inftant toujours préfent à mes yeux, cet inftant.... Non, je ne puis t'exprimer tant d'amour, de trouble & de plaifir.

Ses yeux, fon teint animé me pei-gnoient font amour, fa colere, ma honte..... Elle pâlit ; foible, fans

voix, elle tombe dans mes bras ;
mais ainſi que les flammes excitées
par les vents, mon cœur agité par
la crainte, brûle avec plus de violence. Ma bouche, appuyée ſur ſon
ſein, lui rendit par mes feux ceux
de ſa vie, confondus dans la mienne. Elle meurt & renaît à l'inſtant....
Zilia ! ma chere Zilia ! dans quelle
ivreſſe de bonheur plonges-tu l'heureux Aza ! Non, Kanhuiſcap, tu ne
peux concevoir notre bonheur. Viens
en étre témoin. Rien ne doit man-
quer à ma félicité. Le François qui
te remettra ma Lettre, ſera ſecondé
pour te conduire ici. Tu verras Zilia.
Ma félicité s'accroît à chaque inſtant.
Le recit de nos plaiſirs, ainſi que
celui de nos infortunes, (qu'elles ſont
loin de nous !) eſt parvenu juſqu'au
trône. Les généreux Monarque des
François ordonne que les Vaiſſeaux
qui vont combattre les Eſpagnols
dans nos mers, nous conduiſent à
Quito. Nous allons revoir notre patrie, ces triſtes lieux ſi chers à nos
déſirs, ces lieux, ô Zilia ! qui vi-
rent naître nos premiers plaiſirs, tes

soupirs & les miens. Qu'ils soient témoins, qu'ils célébrent, qu'ils augmentent, s'il se peut, notre félicité ! Délivrons-les, Kanhuiscap.... Mais je cours à Zilia.

Ami, l'amour ne m'a point fait oublier l'amitié ; mais l'amitié me sépare trop long-temps de l'amour. Transports si doux, qui ravissez mon ame, c'est dans vos égarements que je trouve la vie........ m'enivrer de tant de bonheur, de volupté ; Zilia m'est rendue, elle m'attend ; je vole dans ses bras.

Fin de la seconde & derniere Partie.